무림오적 71

**초판 1쇄 발행 2024년 10월 28일**

지은이 ㅣ 백야
발행인 ㅣ 최원영
편집장 ㅣ 이호준
편집디자인 ㅣ 박민솔
영업 ㅣ 김민원 조은걸

펴낸곳 ㅣ ㈜디앤씨미디어
등록 ㅣ 2002년 4월 25일 제20-260호
주소 ㅣ 서울시 구로구 디지털로32길 30 코오롱디지털타워빌란트 1301-1308호
전화 ㅣ 02-333-2513(대표)
팩시밀리 ㅣ 02-333-2514
E-mail ㅣ papy_dnc@dncmedia.co.kr
블로그 ㅣ blog.naver.com/gnpdl7

ISBN 978-89-267-8992-6 04810
ISBN 978-89-267-3458-2 (SET)

※ 저자와 협의하여 인지는 붙이지 않습니다.
※ 이 책은 ㈜디앤씨미디어(파피루스)가 저작권자와의 계약에 따라 발행한 것으로 본사와 저자의 허락 없이는 어떠한 형태나 수단으로도 내용을 이용할 수 없습니다.

백야 신무협 장편소설

71

무림오적

1장 그날, 홍화루에서는 7

2장 아버지의 이름으로 43

3장 저는 장남(長男)이니까요 69

4장 신검합일(身劍合一)과 이기어검(以氣馭劍) 105

5장 역전(逆戰) 129

6장 대장의 오른팔 165

7장 가장 쉽고 간단한 방법 189

8장 사천당문(四川唐門) 225

9장 독중지체(毒中至體) 251

10장 무림전쟁(武林戰爭) 289

1장.
그날, 홍화루에서는

"노, 놈들입니다!"
입안 가득 오리고기를 집어넣고
우물거리던 소자양이 화들짝 놀라며 소리쳤다.
불분명한 목소리와 함께
오리구이 몇 점이 입안에서 튀어나왔다.
"괜찮습니다."
도 지배인은 얼굴에 묻은 소자양의 침과 오리고기를
천천히 닦아 내며 미소를 지었다.
"이곳은 홍화루랍니다."

**그날, 홍화루에서는**

1. 속궁합

이러다가 죽을지도 모르겠다는 생각이 들었다.

물론 그녀가 사내의 기(氣)를 빨아들이고, 정(精)을 흡수하고 내공을 빼앗는 술법을 익힌 것 같지는 않았다. 그저 그녀의 정력이 그보다 강했고, 그녀의 성욕이 그보다 높았을 뿐이었다.

한 번 정을 통하게 된 후, 그 정신을 잃을 것 같은 황홀함과 미칠 것만 같은 쾌락에 빠져서 재차 세 번, 네 번 먼저 달려든 건 그녀가 아니었다.

바로 그였다.

하지만 하룻밤 만에 일곱 번이나 사정(射精)하고, 다시 다음 날 아침부터 저녁까지 열두 번의 사정을 한 후로는 그녀가 무섭고 두려워졌다.

그의 성기는 껍질이 까져서 피가 나고, 너무 많은 사정에 뿌리가 끊어질 듯 아팠지만 그녀는 개의치 않았다.

외려 그녀는 그가 겁먹고 두려워하는 게 기쁘고 즐거운 모양이었다. 싫다는 그를 억지로 눕힌 다음 그의 몸에 걸터앉은 채 그 음탕하고 음란한 몸을 마구 흔들고 문지르고 박아 대는 것이었다.

사흘이 지나고 나흘이 지나고 닷새가 되었을 때, 그는 몸무게가 절반 가까이 빠졌다.

볼은 홀쭉해졌고 눈두덩은 시꺼멓게 변했으며, 몸은 앙상해서 말 그대로 피골이 상접해 있었다. 그야말로 시체와 다를 바가 없었다.

반면 그녀는 날이 갈수록 빛나고 있었다. 피부는 더욱더 탱탱해졌고 자르르 윤기가 흘렀다. 어쩌면 그녀는 그 모르게 흡정술(吸精術) 같은 걸 펼치고 있는 건지도 몰랐다.

'이대로 있다가는 죽을지도 몰라.'

그녀의 동경(銅鏡) 앞에서 제 벗은 알몸을 본 그는 한숨을 내쉬었다.

그렇게 총명하고 맑게 빛나던 눈빛은 죽어 있었고, 언제나 쾌활하게 웃던 그의 미소는 사라진 지 오래였다. 정말 이대로 있다가는 죽을지도 몰랐다.

그래서 결심했다. 그녀에게서 도망치기로.

'우선 성도부로 가는 거다. 게서 십삼매를 만나 강 사부 곁으로 보내 달라고 부탁하는 거다.'

퀭한 눈빛으로 동경 속의 제 모습을 바라보고 있던 사내, 소자양은 그녀에게서 도망칠 계획을 궁리하기 시작했다.

물론 그녀는 소자양을 죽일 생각이 없었다.

당연했다.

그녀는 소자양의 사고(師姑)라 할 수 있었고, 무엇보다 소자양은 축융문의 소문주이자 강만리의 제자였다. 무슨 영화를 누리겠다고 그런 신분을 가진 소자양을 죽이겠는가.

그저 속궁합이 좋았을 뿐이었다. 설벽린을 포함하여 지금껏 잠자리를 같이했던 수십 명의 사내 중에서 소자양만큼 자신을 미치게 만든 자는 단 한 명도 없었다.

그렇다고 그의 물건이 엄청나게 크거나 그의 정력이 절륜한 건 또 아니었다.

그저 소자양을 껴안고 그의 허리에 몸을 맡기다 보면 그녀의 아랫도리에 꽉 찬 그의 물건에 절로 허리가 들리고 교성이 흐르고 앓는 소리가 새어 나왔다.

허벅지가 부르르 떨리고 발가락이 안으로 오므라들고 복근이 절로 꿈틀거리며 몸 전체가 경직되었다가 이완되기를 반복했다.

 그 짜릿한 쾌감은 앵속을 피우는 것보다 그녀를 황홀하게 만들었으며, 맛있는 음식을 먹는 것보다 즐겁게 해 주었다.

 그래서였다. 끝없이 그의 몸을 탐닉하고 그의 물건을 먹어 치운 것은.

 물론 그녀 또한 소자양의 변화를 눈치채지 못한 건 아니었다. 그래서 몸에 좋다는 온갖 음식과 약을 구해다가 먹였다.

 하지만 희한하게도 그 보양식(保養食)과 강장약(强壯藥)의 효능은 소자양이 아닌 그녀에게로 전해졌다.

 정사를 치를수록, 몇십 번이고 까무러치기를 반복할수록 그녀의 얼굴에서는 빛이 났고 피부는 탱탱해져서 꿀이라도 바른 것 같았다.

 '이게 속궁합이 맞다는 건가?'

 소자양을 걸터앉은 채 음란한 궁둥이를 마구 흔들어 대면서 아란은 그렇게 생각했다.

 '절대 놓치지 않을 거야.'

 파도처럼 쉬지않고 밀려드는 쾌락에 젖어 흐느끼면서 아란은 그렇게 결심했다.

설령 지금껏 이뤘던 모든 것들을 버리게 되다 할지라도, 심지어 강만리들과 척을 지게 되는 한이 있더라도 절대 소자양과는 헤어질 수 없다는 게 아란의 생각이었다.

소자양은 걸신이라도 들린 것처럼 마구 먹기 시작했다. 입에 맞지 않는다고 죽는 표정을 짓던 붕어탕과 잉어탕도 단숨에 들이켰다. 고약한 냄새가 나는 약탕도 꿀꺽꿀꺽 마셨다.

아란은 그 변화에 감동했다. 이 아이가 드디어 자신에게 빠져들었구나, 하고 생각했다.

이대로라면 모든 걸 버리지 않고서도, 또 강만리와 척을 지지 않고서도 그와 평생 함께 살 수 있겠다는 희망이 그녀의 뇌리를 가득 메웠다.

하지만 안개가 유난히 자욱했던, 그래서 이 지방 토박이라면 이 지겨운 안개가 걷힐 날이 얼마 남지 않았구나 하고 생각할 때쯤, 소자양은 아란에게서 도망쳤다.

\* \* \*

거무튀튀한 눈두덩의 젊은 사내가 혼비백산한 얼굴로 뛰어든 건 막 영업이 끝나기 전 새벽 무렵의 일이었다. 계산대에서 이날 수익을 정리하고 있던 홍화루의 도 지배인은 그를 보고 가볍게 눈살을 찌푸렸다.

몇 차례 웅덩이에 구른 듯 온통 흙투성이의 남루한 행색을 한 청년이었다. 가진 것 하나 없어 보이는 빼쩍 마른 체구의 청년은 대청 주변을 둘러보지도 않은 채 곧장 계산대 앞으로 달려와 도 지배인에게 사정하듯 말했다.

"시, 십삼매…… 십삼매를 불러 주세요."

도 지배인은 한숨을 내쉬며 거절했다.

"십삼매는 오늘 영업하지 않습니다."

"아니, 영업이 문제가 아니라…… 아, 그래요! 강 사부, 제가 강 사부의 제자입니다."

"강 사부가 누구인지는 모르겠지만 그렇다고 오늘 본루에 나오지도 않은 십삼매를 불러 달라는 건……."

"강만리, 그러니까 강 자, 만 자, 리 자를 쓰시는 분이 바로 제 사부이십니다."

일순 도 지배인의 표정이 달라졌다. 그는 청년의 위아래를 훑어보며 물었다.

"설마 공자께서 그 축융문의 소자양이라는 분이십니까?"

청년은 황급히 고개를 연달아 끄덕이며 말했다.

"네, 맞습니다. 제가 바로 그 소자양입니다. 그러니까 제발 좀 십삼매를 불러 주세요. 아니면 제가 죽습니다."

청년, 소자양의 얼굴에 떠오른 그 다급한 표정을 읽은

것일까. 도 지배인은 천천히, 부드러운 어조로 달래듯 말했다.

"무슨 일이 있었는지는 모르겠지만 이 홍화루에 발을 디딘 이상 걱정하지 않으셔도 됩니다. 그 누구도 이곳에서는 감히 행패를 부리지 못하니까요."

그 말에도 불구하고 소자양은 전혀 마음을 놓을 수 없다는 듯 몇 번이고 뒤를 돌아보며 재촉했다.

"부탁입니다. 제발 십삼매를, 십삼매를 불러 주십시오."

도 지배인은 가볍게 한숨을 내쉬었다. 그러고는 청소 중이던 점소이를 불러 말했다.

"이 도련님께 술과 음식을 가져오렴. 그리고 가서 십삼매도 불러오고."

"네."

점소이는 곧장 계산대를 떠났다.

얼마 지나지 않아서 다른 점소이가 술 한 병과 오리구이를 계산대 앞으로 가져왔다.

김이 모락모락 피어오르는 오리구이를 본 순간 소자양의 배 속에서 꾸르륵! 하는 소리가 요란하게 들려왔다. 청소를 하던 몇몇 점소이들이 억지로 웃음을 참았다.

하지만 소자양은 신경 쓸 겨를이 없었다. 며칠을 굶은 듯한 그는 주위의 반응은 아랑곳하지 않고 그 더러운 손으로 오리구이를 찢어 허겁지겁 입안에 처넣었다. 최소한 사나흘은 족히 아무것도 먹지 못한 듯 보였다.

도 지배인은 가만히 그를 바라보다가 불쑥 점소이들을 향해 말했다.

"불청객이 찾아온 모양이다."

그의 말에 청소하던 점소이들이 빠르게 움직이며 문을 걸어 잠갔다.

바로 그때였다.

"아직 손님을 받아도 될 것 같은데?"

묵직한 목소리와 함께 우지끈! 문이 박살 났다.

"노, 놈들입니다!"

입안 가득 오리고기를 집어넣고 우물거리던 소자양이 화들짝 놀라며 소리쳤다. 불분명한 목소리와 함께 오리구이 몇 점이 입안에서 튀어나왔다.

"괜찮습니다."

도 지배인은 얼굴에 묻은 소자양의 침과 오리고기를 천천히 닦아 내며 미소를 지었다.

"이곳은 홍화루랍니다."

그의 말과는 달리 칼과 도끼를 쥔 한 무리의 사내들이 부서진 문을 밟고 대청 안으로 들어섰다. 선두에 서 있던 사내가 대청을 둘러보더니 벌벌 떨고 있던 소자양을 발견하고는 흉악한 눈빛을 지으며 코웃음을 쳤다.

"흥! 도망치신다는 게 겨우 여기십니까?"
사내는 성큼성큼 다가오며 말했다.
"채주께서 기다리십니다. 이제 슬슬 돌아가십시다."
"아냐! 절대 돌아가지 않을 거야!"
벌벌 떠는 가운데 소자양이 부르짖듯 소리쳤다. 사내는 "허어." 하고 가볍게 한숨을 내쉬고는 가볍게 소자양의 목덜미를 쥐었다.

일순 우드득! 하는 소리와 함께 사내의 입에서 얕은 신음이 흘러나왔다.
"으윽."
사내가 소자양의 목덜미를 쥐려던 순간, 도 지배인은 사용하고 있던 주판(珠板)으로 사내의 팔을 가볍게 후려친 것이었다. 그 단순한 일격만으로 사내의 팔은 그대로 부러져 덜렁거렸다.


2. 죽기 전에 도망쳐

소자양의 목을 쥐려고 했던 사내는 격렬하게 덮쳐 오는 통증 속에서도 도저히 믿을 수 없다는 표정으로 부러진 제 팔과 도 지배인을 번갈아 바라보았다.
당연했다.

사내는 구당협에서 가장 유명한 수적인 연풍채의 흑당주, 흑규라는 자였다. 연풍채주 아란이 절대적으로 믿고 있는 심복이자, 연풍채에서 세 손가락 안에 드는 무위를 지닌 고수가 바로 그였다.

그런데 놀랍게도 이 기루의 늙은 지배인이, 비록 꼬장꼬장하게 허리를 펴고는 있지만 그래도 죽을 날이 얼마 남아 있지 않아 보이는 늙은이가 단 한 수의 공격으로 그의 팔을 부러뜨린 것이었다.

물론 흑규가 철저하게 방심하고 있었다지만, 그야말로 믿을 수 없을 정도로 충격적인 일이었다.

흑규는 인상을 찡그리며 부러진 팔의 혈도를 짚었다. 고통이 한결 나아졌다.

"누구냐, 너는?"

흑규는 허리춤에 찬 칼을 꺼내 들며 도 지배인에게 물었다. 도 지배인은 여전히 여유가 넘치는 얼굴 가득 미소를 머금으며 말했다.

"이곳 홍화루의 지배인이올시다."

"그런 거 말고!"

흑규가 허공을 향해 칼을 휘둘렀다. 일순, 우웅! 하는 소리가 벼락처럼 내리쳤다.

오른손이 부러져 왼손으로 칼을 쥐고 휘둘렀음에도 불구하고 범상치 않은 기세가 서리서리 뿌려졌다.

그때였다.

"누가 이렇게 소란을 피우는 거죠?"

영롱하면서도 달콤한 목소리가 복도 안쪽에서 들려왔다. 살기 등등한 사람들의 시선이 일제히 그곳으로 향했다.

점소이와 함께 아름다운 여인이 모습을 드러냈다. 우아하고 단정한, 요염한 아란과는 전혀 다른 성격의 미모를 지닌 여인이었다.

계산대 구석에서 벌벌 떨고 있던 소자양은 본능적으로 그녀가 누구인지 알 수 있었다.

"십삼매!"

소자양이 그녀를 향해 소리쳤다. 주변을 초라하게 만드는 미녀가 그를 돌아보았다. 소자양이 계속해서 소리쳤다.

"강 사부의 제자 소자양이 십삼매에게 도움을 청합니다! 아란 사고로부터 구해 주십시오!"

일순 미녀의 눈빛이 서늘해졌다.

"십삼매?"

흑규와 그 일행도 움찔거렸다.

아란이 소자양을 잡아 오라고 지시하면서 한편으로 경고했던 바로 그 십삼매가 모습을 드러낸 것이었다.

그리고 지금 자신을 향하여 우아하게 걸어오는 미녀가

십삼매라는 걸 알게 된 흑규는 저도 모르게 마른침을 꿀꺽 삼켰다.

* * *

"지옥 끝까지 가서라도 반드시 그이를 잡아 와야 한다."
아란은 잔뜩 뿔이 난 얼굴로 그렇게 명령을 내렸다.
"꿀밤 한 대 먹이는 것까지는 허락하겠다. 하지만 절대 부상이나 상처를 입히지 말고 데려와야 한다. 알겠지?"
그녀의 엄명에 흑규는 언제나처럼 고개를 조아리며 대답했다.
"명령을 받듭니다."
"좋아."
화가 난 와중에도 흑규의 절대적인 복종에 흡족해진 듯 아란은 미소를 머금으며 고개를 끄덕였다.
하지만 다음 순간 그녀는 더더욱 딱딱하게 굳은 표정으로, 막 임무를 수행하기 위해 몸을 돌리던 흑규를 보며 말을 이었다.
"아, 한 가지 더."
흑규가 돌아섰다.
아란은 살짝 겁에 질린 눈빛을 애써 감추며 말했다.
"행여라도 십삼매와 마주친다면 절대 싸우지 말고 돌

아와야 한다. 알겠지?"

흑규는 의아한 표정을 지으며 물었다.

"설령 소 공자를 놓치는 한이 있더라도 말입니까?"

순간 아란의 얼굴에 고뇌와 갈등의 빛이 스며들었다. 그러나 그녀는 곧 결연한 표정을 지으며 말했다.

"물론이다. 아무리 그이를 놓칠 수 없다 한들, 흑 당주 자네가 더 소중하니까 말이지."

흑규는 진심으로 감복했다.

그는 요 며칠 동안 그녀가 얼마나 소자양에게 흠뻑 빠져 있었는지 익히 잘 알고 있었다. 그랬기에 그녀가 지옥 끝까지 가서라도 반드시 소자양을 데리고 돌아오라는 명령을 내린 것이고.

그런데 그런 아란의 입에서 그 소자양보다 자신이 더 소중하다는 말을 들었으니, 흑규의 감동이야 이루 말할 수가 없었다.

흑규는 고개를 숙이며 자신만만하게 말했다.

"지옥 끝까지 가더라도, 설령 십삼매를 만나더라도 반드시 소 공자를 데리고 돌아오겠습니다."

"아서라."

아란이 고개를 저었다.

"흑 당주는 그녀가 얼마나 무서운 사람인지 모른다. 그러니 절대 부딪치지 말고 돌아와야 한다. 죽기 전에 도망쳐야 한다. 이건 명령이야."

확실히 흑규는 십삼매에 대해서, 그리고 황계에 대해서 잘 모르고 있었다. 그가 알고 황계는 저급한 정보 조직에 불과했고, 십삼매는 그 황계에서 제일 잘나가는 기녀에 지나지 않았다.

'흠. 채주께서 십삼매를 그렇게 두려워하는 이유가 뭘까?'

흑규는 내심 고개를 갸우뚱거리면서도 그녀의 '명령' 앞에서 더는 토를 달지 않고 물러났.

그리고 곧장 소자양을 뒤쫓기 시작했다.

처음에는 쉽게 잡을 줄만 알고 여유를 부렸던 흑규였다. 하지만 소자양은 쥐새끼처럼 흑규의 추격을 요리조리 피하며 도주했다.

게다가 마침 사천 전역에 깔렸던 자욱한 안개가 소자양의 도주를 도와주고 있었다.

결국 며칠이 지난 이날, 마침내 흑규는 소자양의 바로 뒤를 따라잡을 수 있었다.

처음에는 일반 기루라고 생각한 채 무작정 문을 부수고 들어선 홍화루였다. 그러나 홍화루의 지배인은 생각보다 침착했고 여유가 있었으며 기품까지 흘러넘쳤다.

그래도 흑규는 오만했다.

그는 연풍채의 이인자라고 할 수 있었으며, 무공만으로

보더라도 사천 일대에서 자신과 겨룰 수 있는 자가 그리 흔치 않을 거라고 자신만만해했다.

그 오만과 착각은 저도 모르는 사이에 그의 팔이 부러질 때까지 계속 이어졌다.

뒤늦게 월궁(月宮)의 선녀처럼 아름다운 십삼매를 보게 된 순간 흑규는 깨닫게 되었다. 바로 이곳이야말로 지옥으로 들어서는 입구라는 사실을.

반면 소자양은 지옥에서 부처를 만난 듯한 기분이었다. 저 천상(天上)의 선녀처럼 아름다운 미녀야말로 아란의 마수(魔手)로부터 자신을 구원할 수 있는 유일한 동아줄이었다.

며칠 동안 죽음을 각오하고, 또 진짜로 죽을 고생을 하면서 이곳으로 도망친 결과였다.

그리고 그것은 아란이 무섭고 두려운 나머지 그녀에게서 벗어나 탈출할 생각을 하지 못했다면, 그 생각을 결행하지 못했다면 소자양이 절대 마주할 수 없었던 결과이기도 했다.

그래서 소자양이 지금 그녀를 향해 이렇게 소리칠 수가 있었던 것이었다.

"강 사부의 제자 소자양이 십삼매에게 도움을 청합니다! 아란 사고로부터 구해 주십시오!"

십삼매는 소자양의 울음 섞인 외침에 눈빛이 달라졌

다. 저 말 한마디로 모든 사안을 제대로 파악할 수 있었던 까닭이었다.

그녀는 칼을 들고 있는 흑규를 쏘아보며 말했다.

"감히 아란 따위의 종자가 내 집에서 소란을 피우다니, 그 계집이 그리 가르쳤더냐?"

십삼매를 본 순간 아란의 경고가 떠올라, 저도 모르게 꼬리를 말고 도망치려 했던 흑규의 표정이 달라졌다. 자신은 무시당해도 상관없었지만 아란은 달랐다.

흑규에게 있어서 아란은 신앙과도 같은 존재였으며, 무엇보다 절절한 짝사랑의 대상이었으니까.

"어디서 감히 채주에게 '따위' 같은 말을 사용하는 게냐? 그 입이 네년의 아랫도리 구멍처럼 뚫려 봐야 정신을 차리겠느냐?"

평생 수적질을 하며 살아온 흑규답게 욕설도 걸걸했다.

십삼매는 뾰족한 눈빛으로 그를 바라보다가 가볍게 고개를 내저었다. 자신이 상대할 필요가 없는 자라고 여긴 것이다.

곧 그녀는 도 지배인을 돌아보며 말했다.

"모두 죽이세요."

도 지배인이 고개를 숙였다.

"명을 받듭니다, 십삼매."

그의 대답이 떨어지는 순간, 순식간에 걷잡을 수 없는

살기가 홍화루 대청을 가득 메웠다. 평범해 보였던 점소이들이 엄청난 투기와 살기를 흩뿌리면서 흑규 일행을 에워싸기 시작했다.

격한 감정과 흥분에 이성을 잃었던 흑규는 뒤늦게 아차, 하는 표정을 지었다.

―죽기 전에 도망쳐!

아란의 격한 목소리가 들려오는 것만 같았다.
하지만 이미 때는 늦었다. 그와 수하들의 주변은 홍화루 점소이들로 둘러싸여 있었다.
"제기랄!"
흑규가 욕설을 퍼부으며 소리쳤다.
"좋아! 십삼매가 과연 얼마나 무서운 계집인지, 이 개자식들을 모두 죽인 다음에 알아보겠다! 기다리고 있거라! 네년의 입을 길게 찢어 놓을 때까지!"
동시에 그는 몸을 돌려 점소이 중 한 명을 향해 칼을 휘둘렀다. 그의 칼이 벼락처럼 점소이의 어깨를 내리찍었다.
하지만 그보다 먼저, 언제 집어 들었는지 모르는 도 지배인의 젓가락 하나가 그대로 흑규의 뒤통수에 파고들었다.

흑규는 마치 벼락이라도 맞은 듯 한 차례 크게 꿈틀거리더니 칼을 휘두르던 모습 그대로 앞으로 고꾸라졌다. 그의 구멍이 뚫린 머리뼈에서 뇌수(腦髓)가 흘러나왔다.
 도 지배인은 혀를 차며 중얼거렸다.
 "쯧쯧. 마침 다 청소를 해 놨거늘……."
 도 지배인의 중얼거림은 이내 연풍채 수적들의 악다구니와 같은 비명으로 뒤덮여서 그 누구도 제대로 듣지 못했다.


 3. 그릇된 욕망(欲望)


 "우선 쉬세요. 몸이 많이 상한 것 같으니 강장약과 보약을 달여 둘게요."
 십삼매는 언제 크게 분노했느냐는 듯이 우아하고 부드러운 목소리로 말했다.
 소자양은 감격했다.
 화군악들과 강호를 여행하는 동안 아름다운 여인들을 여럿 만나 봤지만 지금 제 눈앞에 앉아 있는 십삼매처럼 아름다우면서 기품이 넘치는 여인은 처음이었다.
 게다가 그녀는 소자양이 강만리의 제자라는 사실을 알면서도 처음부터 끝까지 그를 손아랫사람 취급하지 않았다. 개인과 개인, 사람과 사람, 사내와 여자의 입장에서 십삼매는 철저하게 그를 존중해 주었다.
"약이라면 저도 있습니다."
소자양이 말했다.
"사부께서 급할 때 먹으라고 주신 화평신단 두 알과 대환단 한 알입니다."
"쉿."
십삼매는 가볍게 이맛살을 모으며 목소리를 낮췄다.
"자신에게 그런 귀한 물건이 있다고 함부로 말하면 안 됩니다. 특히 이런 기루나 객잔에서는 더더욱 말이에요."
"하지만 이곳은 십삼매의……."
"그건 모르는 일이니까요. 열 길 물속은 알아도 한 길 사람 속은 모르는 법이니까요. 애당초 도둑질이나 강도질할 생각이 없던 사람도 우연히 문이 열린 집을 보고는, 그 집에서 발가벗고 목욕하는 여인을 보고는 갑자기 흑심이 생길 수가 있으니까요. 그만큼 사람이라는 게 그릇된 욕망 앞에서 한없이 나약한 존재니까요."
십삼매의 말에 소자양은 문득 눈이 뜨이고 귀가 열리는 기분이 들었다. 더없이 귀한 가르침을 얻었다고 생각했다.
'그릇된 욕망 앞에서 한없이 나약한 존재라…….'
내심 되새기던 그는 아란을 떠올렸다.

아란은 소자양이 강만리의 제자라는 사실을 이용하여 그를 자신의 성노예로 만들어 강만리들에 대한 영향력을 키우려 했을 것이다.

소자양은 지금 돌이켜 봤을 때, 애당초 그녀가 자신에게 접근한 이유가 바로 거기에 있다고 생각했다.

하지만 계속해서 정사를 치르는 동안 그녀는 자신의 성욕을 이기지 못하고 탐욕에 빠졌고, 외려 소자양이 그녀의 곁에서 도망치게 만드는 빌미를 주게 되었다.

결국 나름대로 야망을 키우던 아란 또한 제 그릇된 욕망 앞에서는 한없이 나약한 존재였다.

거기까지 생각한 소자양은 문득 그녀가 불쌍하다는 생각이 들었다. 하지만 이내 그는 소스라치듯 놀라며 자신의 생각을 부인했다.

'아니지. 피해자인 내가 왜 가해자인 그녀를 불쌍하게 생각해야 하는데? 그건 절대 아니지!'

소자양은 내심 그렇게 소리쳤다.

십삼매는 그런 소자양을 가만히 지켜보고 있었다. 지금 그가 무슨 생각을 하고, 어떤 갈등을 벌이는지 잘 알고 있다는 눈빛이었다.

이윽고 소자양의 표정이 가라앉았을 때, 십삼매가 천천히 입을 열었다.

"어쨌든 강 오라버니의 그 물건은 진짜 위급할 때 사용하세요. 지금 소 공자의 몸은 우리의 약으로도 충분히 치료할 수 있으니까요."

소자양은 퍼뜩 정신을 차렸다. 뒤늦게 강만리의 근황이 떠올랐다.

"사부와 화평장분들은 어떻습니까?"

"그게……."

십삼매는 살짝 곤란한 표정을 지었다.

어제였다. 황계 고수들이 무림십왕에게 철저하게 패배를 당했다는 소식이 전해진 것은.

또한 안가였던 폐찰에서 도망쳐 나와 또 다른 안가가 있는 쌍류현(雙流縣)으로 집결 중이라는 소식도, 그리고 강만리 일행이 황계의 고수들과 헤어져서 무천산 일대로 몸을 피했다는 소식 또한 어젯밤 그녀에게 전해졌다.

십삼매는 굳이 소자양에게 사실대로 말할 필요가 있을까 살짝 고민했지만, 이내 마음을 정하고 솔직하게 이야기했다.

소자양의 얼굴이 굳어졌다. 하지만 그는 곧바로 제 품을 두드리며 말했다.

"지금 사부께서 곤란한 상황에 처하셨다면 제가 가지고 있는 본문의 무기가 큰 도움이 될 겁니다."

십삼매는 소자양의 본문이 축융문이라는 사실을 떠올리며 말했다.

"폭약으로 상대하기에는 아무래도 상대가 무림십왕이 잖겠어요?"

소자양은 고개를 저었다.

"무림십왕이 아니라 천신(天神)이라도 상대할 수 있는 겁니다. 그게 일반 폭약이 아니거든요. 제가 본문을 나설 때 할머니께서 누구에게도 말하지 말라고 하시면서, 또 목숨이 위중한 상황에서만 사용하라고 주셨던 게 있습니다. 그거라면 천하의 무림십왕이라도 상대할 수 있을 겁니다."

십삼매는 저도 모르게 눈을 동그랗게 떴다.

그게 과연 어떤 물건이기에 소자양이 저리도 자신 있게 말하는지 궁금했다.

그러나 그녀는 묻지 않았다. 소자양이 먼저 입을 열어 스스로 밝히지 않는 이상, 그 이상의 질문은 그에게 부담이 갈 수 있었다.

무엇보다 축융문 측에서 소자양에게 '그 누구에게도 말하지 말라'라고 신신당부한 걸 보면 아무래도 축융문의 비전폭약(祕傳爆藥)일 게 분명했다.

"좋아요."

잠시 생각하던 십삼매는 고개를 끄덕이며 입을 열었다.

"그럼 강 오라버니들을 위해서라도 얼른 몸을 회복하세요. 아직 안개는 짙으니까 시간은 충분하게 남아 있어요. 그동안 빨리 체력을 회복해서 오라버니들을 도우러 가죠."

소자양의 안색이 밝아졌다.

"네. 그럼 우선 밀린 잠을 자러 가 보겠습니다. 요 사나흘 동안 제대로 한숨도 자지 못했거든요."

\* \* \*

소자양이 화홍루 이 층으로 올라간 후, 십삼매는 탁자에 팔을 괸 채 두 손으로 머리카락을 쓸어 올렸다. 지치고 피곤한 기색이 역력했다.

대청은 이미 깨끗하게 치워진 상태였다. 조금 전 이곳에서 십여 명의 건장한 사내가 여기저기 피를 뿌리며 처참한 모습으로 죽었다는 게 믿어지지 않을 정도로 깨끗했다.

도 지배인이 차와 술을 함께 내왔다.

"차…… 아니, 오늘은 술이 좋겠군요."

십삼매의 말에 도 지배인은 술병과 술잔을 놓아두고 차를 거둬 갔다. 도 지배인은 잠시 후 과일과 과자를 들고 와 탁자에 내려놓고는 조심스럽게 입을 열었다.

"내일 출발하시겠습니까? 미리 준비해야 할 것들이 있어서……."

"아무래도 그래야 할 것 같죠?"

"그럼 남아 있는 모든 황계의 고수들에게 준비하라고 지시하겠습니다."

도 지배인의 말에 십삼매는 다시 한숨을 내쉬었다.

남이 있는 황계의 모든 고수라고 해 봤자 전력으로 사용할 만한 자들은 그리 많지 않았다. 애당초 황계의 전력 중 절반 이상이 대읍현으로 몰려갔으니까.

이제는 대륙 전역으로 파견을 나갔다가 뒤늦게 연락을 받고 이곳으로 돌아온, 그리고 황급히 돌아오고 있는 황백들이 황계의 전부라고 할 수 있었다.

"황백의 수가 얼마나 되죠?"

"이곳에 모인 이들의 수는 쉰한 명입니다. 그리고 돌아오는 중인 이들은 대략 백 명 정도 됩니다."

"언제쯤 모두 모이나요?"

"짧으면 사나흘, 길면 칠팔 일 정도 걸릴 거라고 생각합니다."

"칠팔 일이라……."

십삼매는 다시 한숨을 내쉬었다.

시간은 촉박했다. 지금 그녀에게는 칠팔 일이나 기다릴 여유는 없었다.

대읍현으로 몰려간 황백과 백야들은 대패(大敗)하였고, 무림십왕과 백팔원로, 무림의 노기인들은 여전히 그들의 뒤를 쫓고 있었다.

 현재 살아남은 인원이 정확하게 몇이나 되는지는 알 수 없었지만, 자칫하다가는 십이백야와 오십이 황백 모두 몰살당할 수가 있는 상황이었다.

 도 지배인은 가만히 십삼매의 눈치를 살피다가 다시 입을 열었다.

 "어리석은 생각인지는 모르겠습니다만, 쉰한 명의 황백과 쉰네를 포함한 이백여 명의 황계 사람들이라면 적어도 그들을 구출하는 정도는 해내지 않을까 싶습니다만……."

 잠시 생각하던 십삼매는 어쩔 수 없다는 듯 고개를 끄덕이며 입을 열었다.

 "할 수 없죠. 쉰한 명의 황백과 일반 수하들까지 총동원할 수밖에요. 거기에 십팔천녀(十八天女)까지 데리고 가겠어요."

 "십팔천녀를요?"

 도 지배인은 살짝 놀란 표정을 지었다.

 십팔천녀는 십삼매가 직접 전략적으로 키워 낸 인물들이었다.

 평소에는 윤락과 노래와 춤을 팔며 성도부의 유력 인사들로부터 은근슬쩍 정보를 입수하는 게 주된 임무였지만, 서너 살 무렵부터 시작하여 지난 이십 년 가까이 황계의 고수들과 공적십이마들의 무공을 전수받은 고수들이기도 했다.

동시에 황계가 아닌 십삼매에게 쥐어진 마지막 패가 바로 그녀들이었다.

"그래요."

십삼매는 마신 술잔을 내려놓으며 고개를 끄덕였다.

"이제 모든 걸 걸 때가 왔으니까요. 굳이 마지막 패를 남겨 둘 이유가 없겠죠."

도 지배인은 머뭇거리며 십삼매를 바라보다가 고개를 숙이며 대답했다.

"황계의 모든 이가 십삼매를 따를 것입니다."


4. 동상이몽(同床異夢)


요 며칠 종리군은 더없이 기쁘고 행복했다. 지난 해와는 달리 요 근래 하는 일마다 모두 술술 잘 풀리고 있었기 때문이었다.

어쩌면 올해야말로 지난 십여 년의 숙원이 이뤄질지도 몰랐다.

"뭘 그리 싱글벙글 웃으세요?"

달콤한 목소리가 그의 곁에서 들려왔다.

종리군은 고개를 돌렸다.

그의 옆자리에는 세상에서 가장 아름답고 귀엽고 깜찍하며 우아한 소녀가 벌거벗은 몸으로 누운 채 자신을 쳐다보고 있었다. 그녀의 눈빛은 별처럼 반짝였고, 입가의 미소는 솜사탕처럼 달콤했다.

무엇보다 종리군을 향한 그녀의 눈빛에는 한없는 사랑과 존경과 흠모의 표정이 가득 담겨 있었다.

"아프지 않았소? 꽤 큰 비명을 지르던데."

종리군이 묻자 그녀는 눈을 흘겼다.

"치잇. 얼마나 아팠는데요. 정말 나쁘세요. 그만하라고 몇 번이나 애걸복걸했는데도 보란 듯이 더 격렬하게 해대다니요. 정말 저를 좋아하는 게 맞나요? 아니면 저를 괴롭히는 게 즐거운 건가요?"

"하하하. 둘 다 맞소."

종리군은 너털웃음을 흘리며 말했다.

"나는 확실히 당신은 끔찍하게 좋아하고 있소. 그리고 무엇보다 당신을 괴롭히는 게 즐겁다오."

"피잇. 정말 나쁜 사람이라니까."

"그 나쁜 사람의 품에 안겨서 몇 번이고 까무러칠 정도로 절정을 느끼던 당신은 또 어떻고?"

"아휴, 그런 말씀 하는 게 아니에요. 왜 그렇게 나를 부끄럽게 만들려고 하는지 모르겠다니까요."

"내가 당신을 좋아하니까. 당신이 어쩔 줄 몰라 하는 모습이 너무 좋으니까. 당신이 그렇게 얼굴 붉히며 가쁜 숨을 몰아쉬는 모습이 그 무엇보다 사랑스러우니까."

"정말 말씀도 잘하셔. 혀에 꿀을 발라 놓은 것 같다니까."

"음? 뭔가 착각하는 게 아니오? 내가 말을 잘하는 건 오직 당신이 내 상대이기 때문이오. 당신이 아닌 그 어떤 여인에게도 지금처럼 달콤한 말을 하지 않았소."

"그 금해가의 손녀에게도요?"

일순 종리군은 내심 뜨끔했지만 겉으로는 태연한 척 느긋한 목소리로 대꾸했다.

"정 궁금하면 나중에 확인하러 가 보겠소? 그녀에게도 지금처럼 달콤한 대화를 나눴는지 말이오?"

"아뇨. 제가 왜 그러겠어요?"

소녀는 티 없이 해맑고 순수한 미소를 지으며 말했다.

"원래 영웅은 호색(好色)이라고 했고, 삼처사첩(三妻四妾)도 마다하지 않는다고 했어요. 심지어 황제에게는 수천 명의 궁녀가 있잖아요? 저는 하나도 신경 쓰지 않아요."

그녀는 가늘고 긴 손가락으로 잘생긴 종리군의 얼굴을 쓰다듬으며 말을 이어 나갔다.

"당신은 언젠가 이 대륙의 황제가 되실 분이에요. 저는 그저 당신의 첫 번째 아내로 만족할 거고요. 그러니 얼마든지 다른 계집, 다른 여인들을 품으셔도 상관없어요. 단지, 딱 하나만 지켜 주세요."

"무얼 말이오?"

"제게 거짓말을 하지 않겠다는 것."

"흐음."

종리군은 그녀가 말한 의외의 요구에 살짝 눈썹을 꿈틀거렸다. 소녀는 배시시 미소를 지으며 말했다.

"사실대로만 말해 준다면 백 명, 천 명의 여인과 잠자리를 가져도 상관하지 않겠어요. 하지만 저를 속이고 다른 여인과 잠자리를 갖거나 제게 속삭이는 온갖 달콤한 말들이 거짓일 경우에는……."

그녀는 그 길고 가느다란 손가락 끝으로 종리군의 목을 가볍게 그으며 웃었다.

그녀의 손톱 때문이었을까. 아니면 그녀의 손가락 끝에 모여 있던 희미한 강기(罡氣) 때문이었을까.

순간적으로 종리군은 제 목이 베어지는 듯한 느낌에 심장이 크게 내려앉았다.

하지만 종리군의 표정은 달라지지 않았다. 외려 그는 더더욱 달콤하고 부드럽고 사랑스러운 미소를 입가에 머금으며 그녀에게 입을 맞췄다.

쪽, 하는 소리가 유난히 크게 들려왔다.

이미 종리군과 몸을 섞으며 온갖 해괴한 짓을 다 해 본 소녀였지만 그 입맞춤 소리가 왜 그렇게도 부끄럽게 들리는지 절로 얼굴이 홍시처럼 빨갛게 물들고 있었다.

"걱정하지 마시오, 가흔(嘉欣)."

종리군은 그녀의 붉게 물든 뺨을 어루만지며 자상하게 말했다.

"내가 다른 사람도 아닌 당신에게 거짓말을 해야 할 이유는 하나도 없으니까. 특히 여자 문제에 관해서는 더더욱 그럴 것이오."

"믿어요."

가흔이라 불린 소녀는 늘씬한 두 팔로 종리군의 목을 끌어안으며 소곤거렸다.

"제가 선택한 당신이니까, 당연히 믿어요."

"가흔."

종리군은 그대로 고개를 낮춰 그녀의 입에 제 입술을 포갰다. 조금 전처럼 입술과 입술만 부딪치는 게 아닌, 입술을 열고 서로의 혀가 오가는 끈적거리는 입맞춤이었다.

그렇게 한참 동안 서로의 타액을 나누고 빨아 먹고 있으려니 다시 성욕이 꿈틀거리며 일기 시작했다.

소녀는 단내를 풍기는 숨결을 내뱉으며 쭉 뻗은 다리를 들어 종리군의 허리를 감쌌고, 종리군은 육중한 그것으로 그녀의 가장 깊숙한 곳을 힘껏 찔러 갔다.

바로 그때였다.

"죄송합니다만 급전(急傳)이 도착했습니다."

아직도 어색한 한어를 구사하는 여인의 목소리가 문밖에서 들려왔다.

순식간에 후끈 달아올랐던 방 안의 열기는 달아오른 속도보다 훨씬 더 빠르게 식어 버렸다. 종리군의 한껏 단단해졌던 물건도 급속도로 작아졌다.

"미안하오."

종리군이 몸을 일으키며 사과하자 소녀는 배시시 웃으며 고개를 가로저었다.

"아니에요. 우리가 함께할 날은 무궁무진하니까요. 오늘 하루 정도는 양보할 수 있어요. 다녀오세요, 급전이라잖아요."

"고맙구려."

종리군은 그녀의 이마에 입을 맞춘 후 몸을 일으켜 앉았다. 순간 저도 모르게 그의 시선이 그녀의 활짝 벌린 가랑이 사이로 향했다.

일순 그의 얼굴에 불쾌감과 짜증의 빛이 밀려들었다. 그녀의 벌거벗은 하복부 사이, 튼실한 허벅지와 허벅지 사이 그 어디에고 혈흔이 보이지 않았다.

조금 전 뜨거웠던 열락의 흔적을 보여 주는 물기만 촉

촉하게 묻어 있을 뿐, 그 어디에도 핏자국은 전혀 묻어나지 않았다.

역시 그녀는 처녀가 아니었다.

세상에서 오직 하나뿐이었던, 가장 아름답고 귀엽고 깜찍하고 맛있는 과일의 첫맛을 그 비열한 개자식이 맛봤던 까닭이었다.

이미 들어 알고는 있었지만, 그리고 내심 충분히 감내할 수 있다고 생각하고는 있었지만 막상 이렇게 직접 그 사실을 인지하고 보니 새삼스레 분노의 불길이 타올랐다.

'군악, 네놈은 진짜…….'

종리군은 속으로 이를 갈며 자리에서 일어났다.

초운혜도 그랬고, 임가흔(林嘉欣)도 그랬다. 종리군이 점을 찍고 반드시 쓰러뜨리려고 했던 여인들은 놀랍고 어이없게도 화군악이 먼저 씹고 뜯고 즐기며 맛을 본 것이다.

철이 없을 정도로 순진무구하고 착하고 밝기만 한 임가흔은 화군악과의 정사가 그저 치료 도중에 있었던 하나의 과정이라고 생각했는지도 모른다. 어쩌면 화군악과 정사를 치렀다는 생각조차 없는 듯했다.

그랬기에 임가흔은 누구보다도 먼저 종리군에게 화군악과 있었던 일에 대해서 한 치의 거짓말 없이 사실대로 말한 것이리라.

또 그건 그 어떤 죄의식이나 부끄럽고 수치스러운 감정을 느끼지 않기에 가능한 일이었다.

하지만 종리군은 달랐다.

이 시대를 살아가는 사내들이라면 누구라도 그러하듯, 제 여인의 처녀를 갖고 싶어 하는 건 당연한 욕구이자 욕망이었다.

그런데 다른 사내도 아닌 화군악이라는 그 개자식이 치료를 빙자하여 임가흔의 처녀를 먹어 치운 것이다.

분명 정사를 나누지 않더라도 그녀를 치료할 방법이 있었을 것이다. 하지만 그 난봉꾼은 그 최선의 방법을 궁리하고 고민하는 대신, 그녀의 처녀를 갖기로 마음먹었을 터였다.

그게 화군악이라는 개자식이었으니까. 그게 종리군이 알고 있는 화군악의 본질이었으니까.

'네놈은 진짜…… 반드시 죽이고 말겠다.'

종리군은 다시 한번 화군악에 대한 증오를 불태우면서 잔뜩 얼굴을 구긴 채 방을 나섰다. 요 며칠 동안 기쁘고 즐거웠던 행복감이 그렇게 무너져 내리고 있었다.

쿵.

문이 닫혔다.

밝고 따뜻하며 명랑한 얼굴로 종리군을 배웅하던 임가흔의 미소가 순식간에 사라졌다.

종리군이 사라지고 방 안에 그녀 홀로 남게 되자 드디어 임가흔의 얼굴에 진심이 드러나고 있었다.
"아아……."
 그녀의 도톰하고 탐스럽고 부드럽고 사랑스러워 보이는 조그만 입술 사이로 희미한 한숨이 흘러나왔다.
"이러면 안 되는데."
 그녀는 천천히 눈을 감았다.

## 2장.
# 아버지의 이름으로

대신 그 자리를 차지한 건, 독희가 잉태한 그의 자식이
과연 사내인지 계집인지 하는 궁금증이었다.
더불어 이제 곧 자신도 누군가의 아버지가 된다는 생각에
가슴이 뿌듯해지고 힘이 솟구쳤다.
이제야말로 그의 원대한 야망을
현실로 구현할 명분이 생긴 것이었다.
아버지의 이름으로 말이다.

**아버지의 이름으로**

1. 갈증(渴症)

 임가흔은 눈을 감은 채 잘강잘강 입술을 씹었다.
 지금 그녀의 가슴 깊은 곳에 자리 잡은 이 갈증을 무엇이라고 표현해야 할까.
 아쉬움.
 만족하지 못한 황홀감.
 모든 걸 끝없이 불태워서 마지막에는 한 움큼의 재만 남긴 채 아득하게 사라지던 그 쾌락의 여운, 정신을 잃고 까무러쳤던 절정의 행복.
 그랬다. 화군악과의 정사는 그녀에게 낙인과 같은 기억을 남기고 말았다.

반면 종리군은 아쉽게도 그녀의 그 낙인과도 같은 기억을 덮어씌우지 못했다.

물론 종리군과 나눈 잠자리는 행복하고 기뻤으며 황홀했다. 몇 번이고 그녀는 숨이 끊어질 듯 헐떡였고 갓 잡은 물고기처럼 온몸을 팔딱였다.

연달아 이어지는 절정에 아랫배의 근육이 부들부들 떨리고 허벅지에 파르르 경련이 일어나면서 허리가 활처럼 휘어지고는 했다.

하지만 화군악과의 정사는 차원이 달랐다.

이러다가 죽는 게 아닐까 싶을 정도로, 이러다가 죽어도 소원이 없겠다는 생각이 들 정도로 괴롭히고 시달리다가 마침내 음문(陰門)에서 정수리까지 일직선으로 내달리는 쾌락을 견뎌 내지 못한 채 정신을 잃고 말았다.

그게 화군악과의 잠자리였다.

물론 어쩌면 그때 그녀가 실제로 죽을 고비에 처해 있어서 그런 생각이 들었는지도 모른다. 또 어쩌면 치료 과정에서 복용했던 약에 의한 환각이나 쾌락이 뒤섞였을지도 모른다.

실제로는 화군악과 함께 했던 정사가 그렇게 대단한 것이 아니었을 수도 있었다.

사실 화군악이 그리운 건 아니었다. 화군악을 사랑하고 있는 건 더더욱 아니었다. 그녀의 사랑은 온전하게 종리군에게만 향하고 있었다.

 그 잘생긴 얼굴, 온화한 미소, 부드러운 목소리, 격정적인 허리 놀림, 무엇보다 천하를 거머쥐겠다는 야망과 그 실행력에 반한 그녀였으니까.
'하지만……'
 임가흔은 입술이 바짝바짝 마르는 가운데, 저도 알 수 없는 갈증으로 인해 몸을 비비 꼬며 아랫도리로 손을 가져갔다.
 그녀의 손가락이 아직도 미끄덩거리는 그녀의 가장 깊은 곳으로 쑤욱 파고 들어갔다.
 그녀의 손가락이 꿈틀거리기 시작했다. 그리고 그것은 이 부족하고 안타깝고 미련이 남은 감각을 메우기 위해서는 어쩔 수 없이 필요한 사후(事後) 행동이었다.
"아아……"
 그 앳되어 보이는 입술 사이로 쾌락에 물든 신음이 흘러나오면서, 그녀의 벌거벗은 아름다운 육체가 묘하게 꿈틀거리기 시작했다.


 2. 독희(毒姬)

'이것으로 검후는 완벽하게 내 것이 되었고.'

방을 나서서 대청으로 향하던 도중, 종리군은 그렇게 자신만만해했다.

천하에서 가장 강한 고수라고 알려진 무림십왕. 그렇다면 그 무림십왕 중에서 가장 강한 고수는 누구일까.

개개인의 취향이나 선호도에 따라서 갈라지기는 하겠지만, 일반적으로 대부분의 호사가나 무림인은 단 한 명의 여인을 손꼽는 데 주저하지 않을 것이다.

검후(劍后).

검후는 원래 한 명의 여고수를 경외하고 존경하며 두려워하는 마음에서 세상 사람들이 붙여 준 별호였지만, 이제는 더 이상 한 사람을 가리키는 단어가 아니게 되었다.

검후의 문파가 저 해남도의 해남검파, 그들을 지배하는 주인이라 할 수 있는 자하신녀문임을 알게 된 세상 사람들은 그 문주, 혹은 자하신녀문의 모든 통과의례를 거친 여인에게도 검후라고 칭했다.

동시에 굳이 무림십왕의 한 자리를 내주는 것으로 그 검후라는 별호가 붙여진 여인이 얼마나 무섭고 두렵고 강한지를 대변해 주었다.

다만 검후가 사상 최고의 고수라는 사실은 이미 육칠십 년에 있었던 역사적인 사실로 증명되었지만, 지금의 검후가 과거의 검후처럼 강한가 하는 부분에 대해서는 많은 설왕설래가 오갔다.

그러나 종리군은 이 시대의 검후가 외려 과거의 검후보다 훨씬 더 강하다는 사실을 익히 잘 알고 있었다.

—어머니께서 그러셨거든요. 제가 본 문에서 배출한 역대 최고의 검객(劍客)이라고요.

임가흔은 그렇게 말하며 웃었다.
 물론 그때만 하더라도 종리군은 그녀의 말을 믿지 않았다.
 하지만 구천십지백사백마 중 한 명이 그녀의 검 앞에서 채 반 초의 적수도 되지 못한 채 무너졌을 때, 비로소 종리군은 그녀의 말을 확신할 수 있었다.
 그런 검후가 이제 종리군의 품에서 사랑을 속삭이는 한갓 소녀가 되었다. 그야말로 더없이 든든한 배경이 된 셈이었다.
 그녀만 있다면 담우천이고 강만리고 화군악이고 하나도 두려울 게 없었다. 그녀 혼자의 힘만으로도 능히 무림오적을 상대할 수 있을 테니까.
 '그 빌어먹을 개자식만 아니었더라면.'
 종리군은 문득 화군악을 떠올리고 내심 욕설을 퍼부었다. 처음 만났을 때부터 마음에 들지 않더니 지금까지 그의 발목을 붙잡고 있었다.

아니, 발목만 잡는 게 아니었다. 그보다 한 걸음 앞서 나가며 그가 취할 모든 것들을 먼저 맛보고 해치우고 있었다.

"빌어먹을."

저도 모르게 본심이 입 밖으로 튀어나왔다.

"죄송합니다."

대청에서 기다리고 있던 여인이 고개를 숙이며 사과했다. 아직도 어눌한 한어였지만 그래도 지금 그녀는 무조건 반말을 하던 때와 달리 매우 능숙하게 한어를 구사하고 있었다.

종리군은 대청 탁자에 앉으며 부드럽게 웃었다.

"아니다. 네게 한 말이 아니었다."

거무튀튀한 피부를 지닌, 그래서 색다른 욕정을 꿈틀거리게 만드는 이 남만(南蠻) 땅 묘강(苗疆)에서 온 여인은 여전히 반쯤 벌거벗고 있었다.

그녀는 종리군이 자리에 앉자 바로 그 앞에 무릎을 꿇고 조아리더니 그의 발에 조심스럽고 다정하게 입을 맞췄다. 절대적인 충성을 표현하는 행동이었다.

종리군은 그녀의 의식이 끝나기를 기다려 입을 열었다.

"그래. 성도부 쪽 소식이더냐?"

"네, 총사."

여인은 커다랗고 탱탱한 젖무덤을 고스란히 내보인 채

대답했다.

"성도부 화평장을 기습한 결과 공적십이마 중 유령신마와 무상검마, 그리고 혈천노군을 죽였다고 합니다. 아울러 유령교의 봉공이었던 귀마주유 허신방을 비롯한 유령교의 잔당을 모두 해치웠다고 합니다."

쾌거라고 할 수 있는 보고였지만 종리군에게는 전혀 그렇지 못한 모양이었다.

"무림오적은?"

"아쉽게도 모두 그곳에서 탈출한 것 같습니다. 또한 귀마주유로부터 소야라고 불리던 청년 또한 그곳을 빠져나갔다고 합니다."

"소야!"

종리군은 저도 모르게 소리쳤다.

"그가 그곳에 있었단 말인가?"

그의 격한 반응을 보고도 남만의 여인은 침착하게 대꾸했다. 생각보다 그녀의 심지가 굳고 강한 듯 보였다.

"그렇다고 합니다."

"이런. 내가 그를 놓쳤었구나."

종리군은 자책했다.

"무림오적보다 그를 먼저 잡았어야 했거늘. 그라면 혼자의 힘만으로 천하를 뒤집을 수 있는 능력이 있으니."

"소야라는 자를 잘 아십니까?"

"들어 본 적이 있다. 황계와 공적십이마가 공동으로 힘을 합쳐 키운 후예라고 말이다. 공적십이마조차 감당할 수 없는 무위를 지녔다고 했지, 아마?"

종리군은 기억을 더듬으며 말했다.

"어쩌면 검후보다도 강할 게다. 건곤가가 아니, 우리가 준비하고 있는 그 어떤 강시보다도 강할 것이다. 그러니 반드시 그를 잡아야 한다. 그는 지금 어디에 있느냐?"

"수소문해 보겠습니다."

"그래. 내가 직접 찾아가는 한이 있더라도 반드시 그를 잡아야 한다. 만약 그렇지 못해서 무림오적과 그가 하나가 된다면…… 그때는 내 모든 계획이 송두리째 무너질 수도 있으니까."

그제야 비로소 남만의 여인이 살짝 놀란 표정을 지었다.

"그리도 강한 자입니까?"

"그래. 강하기로 치자면 백 년 이래 그 누구보다도 강할 것이다. 하지만 그 타고난 본성이……."

종리군은 잠시 생각하다가 천천히 입을 열었다.

"내 모든 수하들을 동원하여 그를 찾아라. 지금껏 펼쳐놓고 진행 중인 열두 가지 계획 중에서 가장 급선무로 처리하도록 하라."

"그리 전하겠습니다."

"또 다른 소식은?"

"오대가문의 가주들을 포섭하는 일은 제대로 진행 중이라고 합니다."

"조심하라고 전하라. 언뜻 보면 그저 탐욕에 찌든 늙은이들 같지만, 그래도 천하를 호령하던 자들이니 말이다."

"알겠습니다. 또 다른 소식은……."

남만의 여인은 살짝 망설이다가 입을 열었다.

"아무래도 총사의 씨앗을 잉태한 것 같습니다."

일순 종리군의 눈이 휘둥그레졌다.

"내 아이를? 누가?"

남만의 여인은 그 요염하고 뇌쇄적이고 유혹적인 몸매를 살짝 비틀며 속삭이듯 말했다.

"제 배 속에 총사의 씨앗이 머무르고 있습니다."

종리군의 눈이 더없을 정도로 크게 떠졌다.

"그, 그게 정말이더냐? 사실이더냐?"

"네, 총사."

남만의 여인이 고개를 숙이며 말했다.

"날짜를 계산해 보건대 확실히 총사와 하룻밤을 지낸 그때인 모양입니다."

"허어."

종리군은 저도 모르게 털썩 의자 깊숙이 앉았다. 남만의 여인이 조심스럽게 물었다.

"아이를 뗄까요?"

"무슨 그런 망발을!"

"죄, 죄송합니다. 총사께서 싫어하시는 것 같아서 그만 잘못 말씀드렸습니다."

"아니다. 내가 왜 싫어하겠느냐. 내 자식이 자네의 배 속에서 자라고 있다는데."

"미천한 남만 출신의 비루한 계집이라서……."

"그런 소리는 절대 하면 안 된다."

종리군은 가만히 손을 뻗어 그녀의 머리를 쓰다듬으며 부드럽고 다정하게 말했다.

"아쉽게도 내 정실은 될 수 없겠지만, 독희(毒姬) 너 또한 내가 사랑하고 아끼는 여인 중 한 명이다. 그러니 절대 미천하거나 비루하다는 말을 사용해서는 안 된다. 그러면 너를 사랑하고 아끼는 내가 무엇이 되겠느냐?"

"죄송합니다. 두 번 다시 그런 표현은 하지 않겠습니다."

"알았으면 되었다. 몇 개월이 되었느냐?"

"사 개월째인 것 같습니다."

"허어. 그런데 아직까지 왜 아무런 말도 하지 않았지?"

"확신이 들지 않았습니다. 또 총사께서 그동안 정신없이 바쁘셔서……."

"뭐, 좋아. 상관없지. 알겠다. 어쨌든 이제부터라도 몸

조심해야지. 잘은 몰라도 오륙 개월 때 가장 조심해야 한다고 한 것 같으니까. 앞으로 자네의 일은…… 그래, 일로(日老)에게 맡기도록 하자꾸나. 너는 장원 가장 깊숙한 곳에서 편히…….."

"그건 싫습니다."

"음? 왜지?"

"우리는 아이를 낳을 때도 전장에서 낳는 족속입니다. 몸을 움직이지 않으면 태어날 아이가 게을러지고, 체력도 약해지게 됩니다. 그러니까 지금처럼 총사 곁에서 일하고 싶습니다."

"허어."

종리군은 어이가 없다는 얼굴로 독희를 내려다보았다. 하지만 독희는 절대 물러날 기색이 아니었다.

물론 그녀의 족속, 천년고독묘가 어떤 곳인지 아는 자라면 천하의 그 누구도 그녀의 고집과 기세를 꺾을 수 없다는 사실을 익히 잘 알 터였다.

그리고 종리군은 그녀가 누구인지, 그녀의 족속이 어떤 곳인지 잘 알고 있는 유일한 자였다.

'이게 문화 차이라는 건가?'

몇 차례의 설득에도 독희의 고집을 꺾지 못한 종리군은 결국 고개를 끄덕이며 그녀의 뜻을 수락했다.

"좋아. 하지만 절대 무리해서는 안 된다. 너는 이제 평범한 내 여인이자 수하가 아닌, 내 자식을 잉태한 아내이니까 말이다."

'아내'라는 단어가 마음에 들었을까. 그 울림이 흡족했을까. 독희는 몇 번이고 속으로 그 단어를 읊조리면서 고개를 숙였다.

"총사의 명령을 받아들이겠습니다."

"그래야지."

종리군은 기분이 좋아졌다.

조금 전까지 그를 괴롭혔던 화군악에 대한 생각은 송두리째 날아간 후였다.

대신 그 자리를 차지한 건, 독희가 잉태한 그의 자식이 과연 사내인지 계집인지 하는 궁금증이었다. 더불어 이제 곧 자신도 누군가의 아버지가 된다는 생각에 가슴이 뿌듯해지고 힘이 솟구쳤다.

이제야말로 그의 원대한 야망을 현실로 구현할 명분이 생긴 것이었다.

아버지의 이름으로 말이다.


3. 루호(淚虎)


루호가 공손히 말했다.

"이곳이라면 안전합니다."

그러자 청년이라고 하기에는 아직 어려 보이는 사내가 주변을 둘러보더니 영 마음에 들지 않는 듯 인상을 찌푸리며 입을 열었다.

"너무 허름하고 비좁다. 공기도 좋지 않고, 먼지도 많이 쌓여 있어. 건강에 좋을 리가 없잖아? 무엇보다 밖을 볼 수 없다니, 이런 감옥 같은 곳에서 살라고 하는 게야, 지금?"

"죄송합니다."

"안전이 문제가 아니잖아? 천하의 이 몸이 이런 곳에 숨어 지낸다는 사실을 알게 된다면 세상 사람들이 날 어떻게 생각하겠어, 응?"

"죄송합니다."

"아니, 죄송하다는 말밖에 할 줄 아는 게 없나? 그렇게 사과할 머리가 있으면 그래도 뭔가 뾰쪽한 수를 내야 할 거 아냐? 이런 곳에서는 하루도 살 수 없다니까."

"죄송합니다."

루호는 어디까지나 공손했다.

"다른 안가가 마련되는 즉시 거처를 옮기겠습니다. 그러니 잠시 동안 참아 주시기 바랍니다."

"잠시 동안이라면 어느 정도냐?"

"늦어도 한 달 안에는 화평장과 같은 고급 장원을 마련하겠습니다. 그러니 부디…….."

"화평장이 고급 장원이라고? 아니, 그것보다 지금 한 달이라고 한 거야? 안 돼. 한 달이면 너무 늦어. 늦어도 보름 내로 옮기도록 하라."

"명을 따르겠습니다."

루호는 마치 어린 사내가 그리 재촉할 줄 알고 일부러 기한을 늘려 잡기라도 한 듯 순순히 대답했다. 사내가 루호를 가만히 바라보았다. '오호, 요놈 봐라?' 하는 기색이 사내의 얼굴 한편으로 스며들었다.

"참, 네 별명이 뭐라고 했지?"

"루호(淚虎). 우는 호랑이라고 합니다."

"아, 그래. 루호. 참 별명 한번 고약하다. 호랑이는 호랑이인데 매번 울고 있단 말이지? 도대체 왜 그런 별명이 붙은 거야?"

"그게……."

루호는 살짝 망설이다가 입을 열었다.

"어렸을 적에는 아우들이 죽을 때마다 눈물을 흘렸습니다. 주인 어르신께서 그걸 보시고 '생긴 건 호랑이 같은데 눈물이 많은 호랑이로구나. 앞으로 네 별명은 루호다.' 해서 붙여졌습니다."

"흠. 지금은 그렇게 울지 않는다?"

"네. 나이가 들면서 언제부터인가 눈물이 마른 것처럼

흐르지 않기 시작했습니다."

"흠. 하기야…… 화평장에서 네 수하들은 물론이거니와 허 늙은이가 죽었을 때도 울지 않았지?"

'아우들이 죽는 걸 보고는 눈물을 삼켰습니다만…….'

루호는 속으로 그렇게 중얼거렸지만 입 밖으로 흘려보내지는 않았다.

어렸을 적도 그러했지만 장성한 후로도 여전히 루호는 속정이 많았다.

그나마 젊었을 때와는 달리 인내심이 깊어지고, 연륜이 쌓인 까닭일까. 그가 더는 쓸데없는 눈물을 흘리지 않게 된 건 그런 이유에서였다.

예전과는 달리 지금은 그저 속으로 삼키고 달래고 받아들일 줄 알게 되었다.

그렇다고 해서 자기 밑에서 고생고생하다가 죽어 나가는 아우들에 대한 동정심이 사라진 건 절대 아니었다.

그러나 그의 주인인 허신방이 죽었을 때는 전혀 달랐다. 눈물은 당연히 흐르지 않았고, 감정 또한 울컥거리지도 않았다. 그저 죽을 사람이 죽었구나, 하는 메마른 느낌으로 허신방의 죽음을 목도했을 뿐이었다.

어린 사내, 허신방 대신 새롭게 루호의 젊은 주인이 된 소야 위천옥은 그런 루호를 나른한 눈빛으로 지켜보고 있었다. 과연 루호가 목숨을 바쳐 가면서까지 자신을 지키고 따를 인물인지 아닌지 확인하려는 눈빛처럼 보였다.

"뭐, 보름이라면 그럭저럭 참아 주마."

위천옥은 길게 기지개를 켜면서 주위를 둘러보았다.

이 안의 다른 물건과는 달리 의자만큼은 새것이었다. 언제부터 이곳을 피신처로 생각하고 의자를 가져다 놓은 것일까.

그러고 보니 한쪽 벽면에는 벽곡단이 한 부대 있었고, 봉인한 술 항아리도 여럿 있었다. 여기에 식용할 물만 준비한다면, 그래서 어찌어찌 목숨만 부지하고자 한다면 그래도 최소한 한 달 정도는 어떻게든 살아갈 채비가 마련되어 있다고 할 수 있었다.

"쳇."

위천옥은 여전히 마음에 들지 않는다는 표정을 지으며 자리에 앉았다. 의자에서 먼지가 한 움큼 피어올랐다. 위천옥은 개의치 않은 채 계속해서 말을 이어 나갔다.

"그래, 이제 어쩔 작정이지?"

위천옥의 후견인을 자처했던 봉공 허신방이 죽었다. 위천옥을 보호하고 가르침을 전하던 혈천노군과 무상검마, 유명신마도 죽었다.

즉, 이제 위천옥에게는 그 어떤 끈과 인연과 인맥도 존재하지 않았다. 무엇이든 마음대로 할 수 있었고, 또 무엇 하나 제대로 하지 못할 수도 있는 상황이었다.

루호는 이미 생각해 둔 바가 있다는 듯이 망설임 없이 대답했다.

"우선 이곳에서 잠시 상황을 지켜보고자 합니다. 무엇보다 소야의 몸 상태가 회복되어야 하니까요."

"나는 괜찮다."

"괜찮지 않습니다."

"내가 괜찮다는데 무슨 소리야, 그게?"

"제가 직접 봤습니다. 소야는 지금 주화입마 직전 상황입니다. 다른 분들로부터 갑자기 너무 많은 양의 내공을 흡수한 까닭에 소야의 단전은 포화 상태가 넘어서 그릇 자체가 부서지기 일보 직전입니다."

루호의 판단은 정확했다.

지금이야 제정신인 것처럼 보이지만 화평장에서의 위천옥은 광인(狂人) 그 자체였다.

위천옥에게서는 아직도 안정되지 못한 내공들이 몸 밖으로 서리서리 뿜어져 나오고 있었다. 마치 언제든지 폭발할 수 있는 활화산(活火山)과 다를 바가 없었다.

이런 상태에서 행여 그 불같은 성격으로 인해 다시 광분하게 된다면, 그때는 설령 대라신선(大羅神仙)이 있더라도 위천옥을 구해 내지 못할 터였다.

"그러니 지금은 최대한 내공을 안정시키고 그릇을 온전하고 건강하게 만들셔야 할 때입니다. 나중에 저를 혼

아버지의 이름으로 〈61〉

내시는 한이 있더라도 지금은 제 말을 들으셔야 합니다."

루호가 강력하게 말하자 위천옥은 마땅히 대꾸할 말을 찾지 못한 듯했다.

"으음."

그는 신음을 흘리며 못마땅한 눈초리로 루호를 바라보다가 고개를 외로 꼬며 턱을 괴고 말했다.

"생각보다 너, 강직한 성격이로구나."

"죄송합니다."

루호가 고개를 숙였다. 위천옥은 눈을 가늘게 뜨며 다시 말했다.

"허 늙은이에게도 잔소리 좀 했겠고."

"주인 어르신으로부터 가끔 그런 소리를 듣기는 했습니다. '네가 꼭 내 시엄마 같다'고 말입니다."

"아, 그래. 시엄마. 딱 그거다. 그게 너를 가장 정확하게 표현하는 말 같구나."

"죄송합니다."

"아니, 죄송할 건 없다. 날 향한 충성심만 변하지 않는다면 앞으로도 그렇게 시엄마처럼 굴어도 된다. 사실 나는 조금 제멋대로인 데다가 금세 흥이 넘치는 성격이라서 누가 옆에서 지적하지 않으면 멈출 곳을 찾지 못하고 끝까지 가는 편이거든. 그러니 너 같은 녀석이 옆에서 제대로 지적해 줘야 그나마 제정신을 차릴 수 있다."

루호는 저도 모르게 고개를 들어 위천옥을 쳐다보았다. 위천옥이 이렇게나 자기 자신을 정확하게 판단하고 있을 줄 미처 몰랐기 때문이었다.

그런 눈빛을 읽은 것일까. 위천옥이 피식 웃으며 입을 열었다.

"왜? 내가 마냥 천방지축 골칫덩어리라고 생각했느냐?"

"죄송합니다. 그건 아닙니다만."

루호는 황급히 고개를 숙이며 대답했다.

"이렇게 스스로를 제대로 평가하고 계실 줄은 미처 몰랐습니다."

"흐음. 뭐, 내가 오만불손하고 앞뒤 가리지 않은 성격에 한 번 흥이 나면 주변 풀뿌리가 모두 사라질 때까지 난동을 부린다는 이야기를 하도 많이 들은 편이라."

위천옥은 어깨를 으쓱거리며 말을 이어 나갔다.

"그래. 그럼 나는 한동안 이곳에서 편히 쉰다고 하자. 그러는 동안 넌 뭘 할 건데?"

"동료들과 아우들을 불러 모으겠습니다. 동시에 주인어르신…… 아니, 허 봉공께서 지난 십수 년간 끌어모은 인력과 재력을 확보할 생각입니다. 어쨌거나 소야께서 이 땅에 군림하시기 위해서는 반드시 돈이 있어야 하고, 사람이 필요하니까요."

루호는 이곳까지 도망치는 동안 모든 대책을 다 생각해 두었다는 듯이 거침없이 말했다.

"또한 십삼매와 연락을 취하여 그곳 상황을 알아보고 황계와의 관계 또한 정상적으로 이어 나가고자 합니다. 특히 무림오적과는 반드시 동맹을 맺어야 하니, 제가 직접 그들을 찾아볼 생각입니다."

"아아, 그럴 것 없다."

위천옥은 단번에 루호의 계획을 뭉개 버렸다.

"황계와는, 특히 십삼매와는 친해질 필요가 없어. 그 계집, 다음에 만나면 내가 반드시 죽일 생각이니까."

"하지만 소야……."

"아니. 이번 건 내 멋대로 구는 게 아니다. 예까지 오는 동안 그 계집을 죽이는 것으로 얻을 수 있는 이익과 손해를 저울질해서 결정 내린 거니까. 그것에 대해서는 반론을 허락하지 않는다."

루호는 입술을 씹다가 고개를 숙였다.

"알겠습니다. 그럼 황계와의 연락은 주고받지 않겠습니다. 그렇다면 무림오적은 어찌할까요?"

"무림오적은 황계의 하수인들이잖아?"

"하지만 무림오적 또한 십삼매를 그리 좋아하지 않습니다. 언제든지, 기회만 된다면 그녀와 황계를 버리고 독자적으로 움직이려고 할 겁니다. 즉, 지금 우리의 형편과 크게 다를 바가 없다는 뜻입니다."

"흐음. 뭐, 그건 네가 알아서 잘해 봐. 그런 잔챙이들까지 신경 쓸 여력이 지금 내게는 없거든."

"알겠습니다. 그럼 제가 독단적으로 처리하겠습니다."

"좋아. 그럼 이만 나가 봐도 좋아. 아, 참. 네 별명이 뭐라고 했더라?"

"루호입니다."

"맞아, 루호. 왠지 영 입에 쉽게 달라붙지가 않아서."

위천옥이 투덜댔다.

"기억하기에는 차라리 본명이 나을지도 모르겠다. 본명은 또 뭔데?"

루호는 나지막하게 말했다.

"본명은 없습니다. 기억날 때부터 이런저런 별명으로 불리고 있었으니까요."

"그래?"

위천옥은 잠시 루호를 바라보다가 이내 귀찮다는 듯이 손을 내저으며 말했다.

"그래. 나가 봐. 그리고 괜찮은 계집 하나 데리고 오는 것도 잊지 말고. 아, 세 명 정도가 적당하겠다."

"그리 준비하겠습니다."

루호는 허리를 숙인 채 석실(石室)을 빠져나갔다.

석실 밖으로는 좁고 복잡한 복도가 미로처럼 얼기설기

뻗어 있었다. 루호는 몇 번이고 이 미로를 오간 것처럼 거침없이 좌우로 꺾으며 복도를 빠져나갔다.

루호가 좁은 문을 열고 밖으로 나서자 주변은 온통 능(陵)이었다. 수십여 개의 크고 작은 능이 산허리 하나를 가득 채우고 있었다.

그 주변으로는 다시 수백 개의 무덤이 마치 능들을 호위하듯 배치되어 있는 것이, 아무래도 이곳은 이름 모를 왕의 무덤이거나 혹은 몇 세대 이전에 존재했던 권력자의 무덤인 모양이었다.

놀랍게도 바로 이 능들 중 가장 큰 능이 루호가 준비한 안가 중 하나였다. 그리고 이 능들은 과거 유령교의 재건을 위해 대륙을 떠돌며 도굴하던 자들이 우연히 발견한 곳이기도 했다.

천하의 그 누구도 이런 외진 곳에 수많은 무덤과 능이 있다는 사실을 알지 못할 것이며, 또 그 능 중 한 곳에 위천옥이 숨어 있다는 사실은 더더욱 알 수 없을 터였다.

"그럼 이제……."

루호는 산 아래를 둘러보며 중얼거렸다.

"십삼매에게 연락을 취해야 하나?"

애당초 루호는 위천옥의 지시대로 움직일 생각이 전혀 없었다. 그는 자신 스스로 판단해서 가장 좋은 방법을 선택할 것이고, 그 계획대로 움직여 나갈 작정이었다.

위천옥의 판단과 결정은 아직 어리고 옹졸하며 편협했다. 그러니 앞으로의 모든 사안은 루호의 결정 아래 이뤄져야만 했다.
 무심한 표정으로 주위를 둘러보던 루호는 곧 어느 한 방향을 정하고 산을 따라 내려갔다. 산자락 어귀에 형성되어 있는 마을이 바로 그의 목적지였다.

3장.
# 저는 장남(長男)이니까요

"진 아저씨는 죽었을까요?"
담호가 문득 물었다.
어디서부터 어디까지 알고 있는 것일까.
어쩌면 진재건과 헤어지던 그 순간부터
정신을 차리고 있었던 것일까.
담우천은 덤덤한 어조로 말했다.
"사람은 다 죽는다."

**저는 장남(長男)이니까요**

## 1. 축융문의 폭약들

 영원한 건 없었다.
 대엿새가량 사천 일대를 점령한 채 한 치 앞도 보이지 않게 만들던 짙고 자욱한 안개도 언제 그랬냐는 듯이 깨끗하게 지워졌다.
 마치 비 온 다음 날의 깨끗하고 맑은 풍경처럼 사방은 뚜렷하고 명료하게 시야에 들어왔다. 그 시야 끝자락에는 삼백 명에 이르는 고수들이 떼 지어 몰려들고 있었다.
 사실 냉정하게 생각하자면 역시 담호는 진재건이 업고 있어야 했다. 그래야만 진재건보다 몇 배는 더 무력이 뛰어난 담우천이 활약할 수가 있었다.

하지만 담우천은 끝까지 고집을 부려 제 아들을 등에 업고 내달렸다.

하기야 그게 부모 마음인지도 몰랐다. 이성과 감정을 앞서는 본능(本能). 그 본능이 담우천으로 하여금 담호를 업고 달리게 만드는 것인지도 몰랐다.

그러나 그 부모의 본능 때문에 갈수록 삼백여 추격자들과의 거리는 조금씩 좁혀지고 있었다. 이러다가는 산을 모두 내려가기 전에 따라잡힐 것만 같았다.

그래서였다.

진재건은 품속의 폭약을 매만지며 고민하다가 결국 결정을 내리고 도주를 포기했다. 그가 걸음을 멈추자 담우천과의 거리는 순식간에 벌어졌다.

담우천이 움찔거리며 뒤를 돌아보았다. 진재건은 뒤도 돌아보지 않고 소리쳤다.

"먼저 가십시오! 제가 놈들의 발목을 붙잡겠습니다!"

담우천은 망설였다.

"그러다가 자네, 죽네."

"죽지 않습니다! 폭약을 다 소진하면 그때 담 장주의 뒤를 따라 도주할 테니까요!"

담우천은 여전히 망설였다. 그때 그의 등에서 희미한 신음이 흘러나왔다.

"으음."

담호의 애잔한 목소리였다. 담우천은 퍼뜩 정신을 차렸다.

'내가 망설여 봤자 좋을 게 하나도 없다. 내게도, 아호에게도, 진 당주에게도.'

그렇게 생각한 담우천은 이내 고개를 돌렸다. 동시에 전력을 다해 경공술을 펼치며 산 아래로 날아갔다.

진재건은 그가 멀어져 가는 소리를 들으며 내심 고개를 끄덕였다.

'그래야지요. 그래야만 내가 이렇게 모진 각오를 한 보람이 있는 겁니다.'

진재건은 주변을 돌아보고는 커다란 바위 뒤에 몸을 숨겼다. 그러고는 품을 뒤적여서 금합을 꺼내 열었다.

열두 알의 둥근 구슬만 한 크기의 폭약이 각각 솜과 기름종이, 그리고 비단에 싸여 있었다. 그 모든 게 축융문의 폭약이었다.

멸앙화린구가 여섯 알, 지옥겁화탄이 세 알, 그리고 유성비령탄이 세 알.

'으음. 아쉽네. 지옥겁화탄이 좀 더 많았으면 좋았는데.'

진재건은 폭약의 종류를 확인하며 입맛을 다셨다.

축융문의 폭약은 그 종류에 따라 쓰임새나 화력이 전혀 달랐다.

멸앙화린구(滅殃火燐球)는 사방 일 장 정도의 지역을

송두리째 불태우는 폭약이었다. 공기가 있는 한 그 불길은 꺼지지 않고 지옥불처럼 끝없이 불타오르는 화력을 지녔다.

지옥겁화탄(地獄劫火彈)은 강대한 화력을 지니고 있어서 한 번 터뜨리면 세상을 파멸시키는 거대한 불길과 함께 지옥문(地獄門)이 열린다고 했다. 그 엄청난 파괴력과 한없이 넓은 범위를 자랑하는 폭발력은 축융문의 십대폭약(十大爆藥) 중 으뜸이라고 알려졌다.

유성비령탄(流星飛靈彈)은 개인이나 소수의 인물에게 사용하기 적합한 폭약이었다.

내공이 없는 일반인이라 할지라도 무려 백여 장 저편까지 내던질 수 있어서 암기로 사용하기에도 적당하지만, 그 파괴력은 무려 사오 장 넓이에 오륙 장 깊이의 구덩이를 만들 정도로 강력한 물건이었다.

물론 그 세 종류의 폭약 중에서 삼백여 무리를 상대하려면 확실히 지옥겁화탄만 한 건 없었다. 어쨌든 한 알의 지옥겁화탄만으로 반경 십여 장이 넘는 드넓은 공간을 쑥대밭으로 만들 수 있었으니까.

'뭐, 어쨌든 이것들로 시간을 벌 수밖에.'

진재건은 조심스레 폭약들을 꺼내 들며 바위 너머로 상황을 주시했다.

삼백의 무리는 그 무공의 고하에 따라 일직선으로 계곡

가를 따라 내려오고 있었다. 경공술이 빠른 자들이 선두에, 무위가 약한 자들이 후미에 선 채 전력을 다해 경공술을 펼치는 중이었다.

'선두에는 무림십왕과 백팔원로의 최상위권 인물들이 포진해 있을 터.'

진재건은 머리를 굴리며 폭약을 선택했다.

'일반적이라면 유성비령탄이겠지만 지금은 아니다. 우선은 저들을 혼비백산하게 만들어 전열을 흩뜨려 놓는 게 상책이다.'

그렇게 생각한 진재건은 멸앙화린구 세 알을 집어 들었다. 공기가 있는 한 절대 꺼지지 않는 불길이 길목을 가로막고 있다면, 확실히 놈들의 추격에 혼선이 올 게 분명했다.

진재건은 호흡을 가다듬은 후 세 알의 멸앙화린구를 동시에, 그리고 각각 서로 다른 방향을 향해 내던졌다.

이때 삼백여 추격대는 진재건과 약 오십여 장 거리까지 다가온 상황이었다. 진재건의 예상대로 선두에는 무정검왕을 비롯한 삼왕(三王)과 원로 중 최상위권 노기인들이 내달리고 있었다.

그들의 시선은 점처럼 변한 채 도주하는 담우천에게로 쏠려 있었다. 그 거리는 대략 이백여 장, 지금의 속도라면 산을 내려가기 전에 충분히 따라잡을 수 있었다. 그래서 그들은 더더욱 빠르게 경공술을 펼쳤다.

그때였다.

오십여 장 떨어져 있던 커다란 바위 쪽에서 무언가가 날아오는 기척이 있었다. 일순 절대권왕 조동립이 반사적으로 몸을 피하며 소리쳤다.

"암기요!"

동시에 무정검왕 목부강도, 패도천왕 왕두균도, 십여 명의 원로도 마치 미리 연습이라도 한 듯 동시에 사방으로 흩어졌다. 바로 그 자리, 구슬만 한 크기의 무언가가 내리꽂혔다.

콰앙!

순간 벼락 치는 듯한 굉음과 함께 커다란 불기둥이 솟구쳤다. 주변으로 흙무더기가 파편처럼 흩어졌다. 불기둥은 이내 주위의 모든 것을 활활 태우며 번져 나갔다.

그게 전부가 아니었다.

쾅! 콰앙!

계곡의 오른쪽에서, 왼쪽에서 연달아 벽력음(霹靂音)과 더불어 불기둥이 하늘 높이 솟구쳤다.

뒤따라 달려오던 원로들의 옷자락에 불꽃이 닿는 순간, 그 불꽃은 이내 원로들의 옷을 잡아먹듯 빠르게 불태웠다.

"뭐냐?"

놀란 원로들이 장풍을 일으켜 옷을 태우는 불길을 잡으려 했지만 소용없었다. 외려 그 장풍의 영향 때문이었을까. 조그맣던 불꽃과 불똥은 이내 커다란 불길이 되어 삽시간에 원로들의 옷을 태워 버렸다.

원로들이 화들짝 놀라며 황급히 옷을 벗어 던지는 가운데, 요란한 비명 소리가 사람들 사이에서 터져 나왔다.

"으악!"

"아악!"

황급히 옷을 벗던 와중에 머리카락으로 튄 불똥이 이내 백발(白髮) 전체로 불길이 퍼지며 활활 불타오른 것이었다.

믿을 수 없는 광경이었다. 천하의 절정 고수들이 그 불똥에, 그 불꽃이 닿자마자 머리카락이건 피부건 뭐건 할 것 없이 순식간에 불타고 있는 것이었다.

원로들은 대경실색하며 불길을 피해 사방으로 흩어졌다. 몇몇 원로들이 불길을 끈답시고 연달아 장풍을 휘갈겼다.

우우웅!

거칠고 광대한 장력이 불기둥을 내리치자, 불기둥은 사방으로 흩어지며 더 큰 불길로 번졌다. 또한 바람에 휘말려 주변으로 날아간 불똥과 불꽃은 새로운 불길이 되어 타올랐다.

"불길을 건드리지 마시오!"

뒤늦게 절대권왕 조동립이 소리쳤다.

"그건 절대 꺼지지 않는 불이요! 아마도 축융문의 멸양화린구의 불길이 분명하오!"

연륜 깊은 노고수답게 절대권왕 조동립은 폭약에 대해서 정확하게 파악했다.

"불길에 닿지 않도록 조심하시오! 불꽃이나 불똥이 튀는 것도 조심하셔야 하오!"

이미 불덩어리가 된 몇몇 원로들을 제외한 백도의 노고수들은 조동립의 조언을 받아들여 황급히 불길 바깥으로 몸을 날렸다.

믿어지지 않는 일이었다. 계곡 주변에는 수풀처럼 태울 만한 것이 하나도 없었으나, 불기둥은 끊임없이 타오르고 있었다. 바람에 따라 이리저리 흔들리는 불길이 마치 지옥을 빠져나온 악마의 머리처럼 보였다.

절대권왕이 혼비백산한 군중을 안정시키는 동안 무정검왕과 패도천왕은 동시에 거대한 바위를 노려보고 날아들었다. 검왕의 검과 패도의 칼이 유난히 맑은 햇살을 받아 번쩍이면서 허공을 갈랐다.

두 개의 서로 다른 강기가 거대한 바위를 직격했다. 수천 근은 족히 되어 보이는 거암(巨巖)에 두 개의 선이 그어지더니 이내 우지끈! 소리와 함께 세 조각으로 갈라졌다.

그러자 바위 뒤에 숨어 있던 진재건의 모습이 드러났다.

진재건은 놀라거나 당황하지 않은 채 두 알의 폭약을 던졌다. 내공이 없는 자도 백여 장 거리를 던질 수 있다는 유성비령탄을 내공이 강력한 자가 던지니 그 어떤 암기나 화살보다도 빠르게 허공을 갈랐다.

얼마나 그 속도가 빠른지 오십여 장 떨어진 무정검왕과 패도천왕에게 쏘아질 때까지 파공성은 한 점도 일지 않았다. 심지어 천하의 두 절대고수조차 미처 그 구슬을 피할 겨를이 없어 보였다.

순간, 두 절대고수의 얼굴에 떠오른 다급한 표정이 진재건의 눈동자에 각인되듯 비쳤다.


2. 덤벼라, 늙은이들

'검과 칼로 내리쳐라!'

유성비령탄에게 충격을 가하는 순간, 바로 그 자리에서 두 절대고수의 사지는 풍비박산하게 될 테니까.

진재건이 그렇게 속으로 비는 순간, 무정검왕과 패도천왕은 마치 약속이라도 한 것처럼 허공에서 빙그르르 몸을 돌렸다.

두 개의 유성비령탄은 아슬아슬하게 두 사람의 몸을 스

치듯 지나가더니 백여 장 떨어진 삼백여 추격대의 후미 쪽으로 떨어졌다.

콰앙! 스팟!

격렬한 굉음이 터졌고, 뒤늦게 파공성이 이는가 싶더니 흙먼지가 십여 장 높이까지 튀어 올랐다.

그때까지도 지금 무슨 일이 벌어지고 있는지 전혀 알지 못하고 있던 후미의 추격대원들이 그 폭발에 휘말려 사지가 뜯겨 나갔다.

곳곳에서 비명이 터졌다. 추격대의 후미 쪽은 이내 아수라장이 되었다.

팔다리가 잘린 채 비틀거리는 자가 있는가 하면, 파편에 눈을 맞아 봉사가 된 이도 있었고, 얼굴이 반이나 무너진 자도 있었다.

불행 중 다행이라고나 할까. 그 폭약이 폭발한 지점에는 불기둥이 치솟지 않았다. 즉, 계속 이어지는 피해는 그나마 없다는 의미였다.

"노옴!"

패도천왕 왕두균이 분노의 일갈을 터뜨리며 진재건을 향해 폭사했다. 그의 신형은 하나의 거대한 칼이 되어 그대로 진재건의 정수리에 내리꽂혔다.

바로 그때, 진재건의 오른손이 가만히 움직였다. 마치 구슬을 쥐고 튕기는 듯한 모습.

그걸 본 패도천왕 왕두균의 얼굴이 사색으로 변했다.

'또 있었더냐?'

패도천왕은 날아들던 속도 그대로 튕기듯 물러나려 했다.

하지만 진재건이 손가락으로 튕겨 낸 유성비령탄의 속도는 그의 경공술보다, 그의 반응 속도보다 빠르게 날아들었다.

패도천왕이 그 어떤 대응을 할 수 없을 정도로 빠르게!

패도천왕의 얼굴이 추악할 정도로 일그러지는 순간, 바로 뒤를 따라 날아오던 무정검왕의 그의 옆구리를 걷어졌다.

"컥!"

하는 비명이 패도천왕의 입에서 터질 정도의 강력한 발길질이었다.

걷어차인 패도천왕은 옆으로 날아갔고 무정검왕이 그를 대신하여 진재건이 쏘아 날린 유성비령탄과 정면으로 맞부딪쳤다. 유령비령탄은 정확하게 무정검왕의 가슴에 격중했다.

콰앙!

귀가 멀 것 같은 굉음과 함께 무정검왕이 피를 토하며 추락했다.

"목 형!"

갈비뼈가 나갈 정도로 격하게 얻어맞았지만, 그 덕분에 목숨을 구할 수 있었던 패도천왕 왕두균이 벼락처럼 소리치며 무정검왕을 향해 날아갔다.

'성공이다!'

진재건은 내심 크게 부르짖었다.

'유성비령탄으로 무정검왕을 해치우다니! 이보다 더 큰 성공이 또 어디 있겠는가?'

그는 춤이라도 추고 싶은 심정이었다.

패도천왕 왕두균은 진재건을 상대할 생각조차 하지 못한 채 지면으로 착지하여 아무렇게나 널브러져 있던 무정검왕을 부축해 안았다.

"목 형! 이대로 죽으면 안 되오!"

그때였다. 이미 죽은 줄 알았던 무정검왕이 희미한 목소리로 중얼거렸다.

"어서 놈을……."

패도천왕의 얼굴이 환해졌다.

알고 보니 무정검왕은 패도천왕에게 발길질하기 직전 모든 내공을 끌어올려 호신강기를 펼치고, 반탄지력을 이용하여 철저하게 몸을 방어했던 것이었다.

그 호신강기와 반탄지력 덕분이었다. 무정검왕이 유성비령탄과 정면으로 부딪치고서 단지 갈비뼈 몇 개만 부서진 채 살아남을 수 있었던 것은.

"이놈!"

패도천왕은 무정검왕을 내려놓은 채 진재건을 노려보며 소리쳤다. 그때 사방으로 흩어졌던 대원로(大元老) 십여 명도 진재건의 주변을 에워싸며 포위망을 형성했다.

진재건은 입술을 깨물었다.

이렇게 죽는구나, 싶었다.

'뭐 나쁘지 않은 삶이었다.'

진재건은 속으로 중얼거리며 마지막 남은 세 알의 폭약을 준비했다. 이 세 알의 지옥겁화탄이라면 최소한 백 명 정도는 함께 지옥으로 데리고 갈 수 있으리라.

눈부신 햇살이 진재건의 머리 위에서 일직선으로 내리쬐고 있었다. 새하얀 빛무리가 그의 전신을 휘감았다.

진재건이 씨익 웃으며 말했다.

"덤벼라, 늙은이들."

하지만 그의 도발에도 불구하고 포위망을 펼친 노고수들은 좀처럼 쉽게 움직이지 않았다. 패도천왕 또한 조금 전과는 달리 무작정 달려들지 않고 신중하게 천천히 거리를 좁히고 있었다.

그들의 시선은 진재건의 손에 쥐어진 세 알의 폭약에 머물러 있었다.

그들은 진재건이 던진 폭약에 하마터면 패도천왕이 폭사당할 뻔한 사실을 두 눈으로 똑똑히 지켜보았다. 그야말로 섬전보다 빠른 폭약이었으니, 당연히 함부로 거리를 좁힐 수가 없는 것이었다.

진재건은 힐끗 뒤를 돌아보았다.

담우천의 모습은 시야에서 사라진 지 오래였다.

하지만 안심할 수는 없었다. 후미 쪽에서 들려오는 앙칼진 여인의 지시에 따라 추격대 중 일부분은 본대에서 떨어져 나가 담우천의 뒤를 쫓고 있었다.

어떤 계집인지는 모르겠지만 순간적인 판단이 정확하고 과감하게 결단을 내릴 줄도 알았다. 만약 그녀가 아니었더라면 아직도 추격대 전체가 혼란에 빠져 우왕좌왕하고 있었을 텐데 말이다.

'쳇.'

진재건은 내심 투덜거리면서 주위를 둘러보았다. 십여 명의 노고수가 잔뜩 긴장한 기색으로 살금살금 거리를 좁혀 오고 있었다.

'십 장 안쪽으로 들어와라.'

진재건은 지옥겁화탄이 폭발하는 순간 사방 수십 장의 공간을 모조리 파괴한다는 사실을 알고 있었다.

'죽어도 나 혼자 죽지는 않을 테니까.'

자폭(自爆).

무림십왕 중 한 명인 패도천왕 왕두균과 백팔원로의 상위권 고수 십여 명과 함께라면 절대 손해가 나지 않는 죽음이리라.

진재건은 그렇게 생각하면서 폭약을 나눠 쥐었다.

두 개의 폭약은 오른손에, 그래서 보다 멀리 던져서 추격대의 진형을 붕괴시킬 수 있도록 했다. 나머지 하나는 왼손에 쥔 채 조금 더 놈들이 다가오면 그때 놈들과 동귀어진할 작정이었다.

유난히 하늘은 푸르고 맑았다. 한여름 햇살은 점점 더 달아올랐다. 게다가 여전히 뜨겁게 불타오르는 세 개의 멸앙화린구 때문인지 주변 공기는 한증막처럼 뜨거웠다.

죽기 딱 좋은 날씨라는 게 어디 있겠는가. 이왕이면 끝까지 살아남아서 무림오적의 미래와 담호의 성장을 계속해서 지켜보고 싶은 게 솔직한 그의 심정이었다.

"젠장."

진재건이 툴툴거리며 웃었다.

"정말 죽기 딱 싫은 날씨라니까."

그때였다.

눈치만 보고 있던 십여 명의 대원로와 패도천왕이 서로 눈빛을 교환했다. 잔뜩 거리가 좁혀진 상황, 지금이라면 놈이 저 섬전보다 빠른 폭약을 내던지기 전에 그 목을 벨 수 있었다.

패도천왕이 고개를 끄덕였다.

"죽어라!"

동시에 노고수들이 일시에 진재건을 향해 공격을 퍼부었다. 십여 개의 장력과 검강과 도강이 진재건의 전신을 휘감았다.

 진재건은 오른손에 들고 있던 지옥겁화탄을 저 멀리 내던졌다.

 그 순간, 어느새 짓쳐들어온 패도천왕의 칼이 진재건의 목을 그었다. 진재건의 왼손에 있던 지옥겁화탄 한 알이 그대로 지면으로 떨어졌다.

      \* \* \*

 콰앙! 콰아앙! 콰아아앙!
 연달아 세 번의 폭렬음이 이어졌다.
 우르르!
 무천산 전체가 뒤흔들릴 정도의 거대한 폭음이었다. 동시에 백여 가닥이나 쏟아진 단말마의 비명은 그 폭음에 가려 전혀 들리지 않았다.

 그 천지가 무너지는 굉음에 놀란 천소유가 저도 모르게 고개를 돌렸다.

 거대한 흙먼지가 수십 장 높이까지 치솟아서 주변의 모든 풍경을 잠식해 들었다. 마치 검은 안개가 사방을 뒤덮은 듯한 광경이었다.

천소유는 이미 후미 쪽에서 벗어나 백여 명의 무리와 함께 담우천의 뒤를 쫓던 중이었다. 그녀는 저 폭음이 들려온 곳에 무림삼왕과 백팔원로의 대원로들이 있다는 사실을 인지하고 눈살을 찌푸렸다.

'설마…….'

추격대를 두 패로 나눈 게 실수는 아니었다. 단지 저 폭약의 위용과 화력을 미처 생각하지 못했던 게 실수였다.

'아니, 그래도 그분들은 살아남을 거야.'

천소유는 그렇게 생각했다.

다른 사람들이라면 몰라도 대원로와 무림십왕은 당금 천하 위에 군림할 수 있는 몇 되지 않는 절대고수들이었다. 그런 거물들이 한갓 폭약 따위에 목숨을 잃는다는 건 말이 되지 않았다.

만에 하나 그런 경우가 발생한다면 더 이상 무공은 무용지물이 되는 것이니까.

천소유는 고개를 돌려 정면을 쏘아보며 소리쳤다.

"후방은 신경 쓰지 마세요! 오로지 담우천! 그를 뒤쫓으세요!"

천소유의 목소리에는 내공이 실려 있지 않았다.

하지만 목에서 피가 나올 정도로 내지른 소리는 카랑카랑하게 울려 퍼져서, 백여 명의 추격대 모두 그 지시를 똑똑하게 들을 수가 있었다.

지금 담우천의 뒤를 쫓는 백여 명의 추격대 중 절반은 백팔원로와 백도의 노기인이었으며, 나머지 절반 대부분은 비선의 고수들이었다.

그들은 천소유의 지시를 철저하게 따랐다. 뒤는 신경 쓰지 않은 채 오로지 담우천의 뒤만 쫓았다.

그리하여 산어귀에 이르렀을 때, 백여 명의 추격대 중 선봉은 마침내 담우천의 바로 뒤까지 추격할 수가 있었다.


3. 사람은 다 죽는다

콰앙! 콰아앙! 콰아앙!
연달아 세 번의 격렬한 굉음이 등 뒤 먼 곳에서 들려왔다. 담우천이 경공술을 펼치며 발을 딛는 지면이 크게 흔들릴 정도로 강렬한 폭음이었다.

'진 당주.'

담우천은 입술을 깨문 채 쉬지 않고 지면을 박찼다. 하지만 담호를 업고 달리는 건 생각보다 큰 부담이었다.

사실 경공술이라는 건 아주 특별한 경우가 아니고서는 대부분 크게 차이가 나지 않는 무공 중 하나였고, 고수일수록 그 격차는 훨씬 더 줄어들었다.

담우천과 백팔원로의 경공술은 그야말로 종이 한 장 차이라고나 할까.

그런 상황에서 담호를 업고 달리는 것이니 거리가 점점 좁혀지는 건 너무나도 당연했다. 비록 진재건이 폭약을 사용하여 시간을 벌어 주기는 했지만 결국 그것도 한계가 있었다.

담우천이 막 산어귀에 들어섰을 때, 대여섯 명의 노인들과 또 십여 명의 복면을 뒤집어쓴 자들이 그의 앞을 가로막았다. 백팔원로와 비선의 고수들이었다.

담우천은 걸음을 멈추고 노인들을 둘러보았다. 면면이 다 눈에 익은 이들이었다.

백팔원로 중 서열 삼십 위 안에 드는 절대고수들. 하기야 그 정도 무위를 지니지 않고서 어찌 담우천을 가로막을 수 있겠는가.

의외인 부분은 비선의 고수들이었다.

비선의 고수들과는 악양에서 한 번 부딪친 적이 있었다. 그때는 이 정도의 무위를 느끼지 못했는데, 지금 담우천의 앞을 가로막은 자들은 거의 백팔원로에 버금가는 혹은 그 이상의 투기를 내비치고 있었다.

"깨어났느냐?"

담우천은 자신을 에워싸고 있는 자들을 둘러보며 나지막하게 물었다.

저는 장남(長男)이니까요 〈89〉

"네, 아버님."

담호의 희미한 목소리가 등 뒤에서 들려왔다. 아직 기력이 채 회복하지 못한 듯한 목소리였다.

"내려 주십시오. 저도 싸우겠습니다."

"괜찮다. 아직은 업혀 있어도 된다."

그렇게 말한 담우천은 문득 화제를 돌렸다.

"그러고 보니 널 업어 준 게 얼마 만인지 모르겠구나. 아창은 가끔씩 업어 준 기억이 있는데 말이다."

담호의 목소리가 망설이듯 들려왔다.

"부러웠어요."

"그렇더냐?"

"광주리에 업고 다니실 때도 부러웠고…… 화평장에서 빙궁에서 업어 주실 때도 부러웠어요."

"흠, 그럼 말이라도 해 보지 그랬느냐? 업어 달라고 말이다."

"하지만 저는……."

한순간 목소리가 줄어들었다가 다시 이어졌다.

"저는 장남(長男)이니까요."

"음?"

"엄마가…… 돌아가신 어머니께서 늘 말씀하셨거든요. 장남은 아버지를 대신하는 거라고요. 아버지가 안 계실 때는 아버지 역할을 하는 거라고요. 그러니까 울어서도 안 되고, 동생을 질투해서도 안 되고, 동생과 싸워서도 안 된다고 하셨어요. 그래서…… 업어 달라고 말할 수가 없었어요."

"으음."

담우천은 저도 모르게 얕은 신음을 흘렸다.

원로들과 비선의 고수들은 두 사람이 조곤조곤 대화를 나누는 걸 가만히 지켜보고 있었다. 추격대의 나머지 인원이 도착하기만을 기다리고 있는 것이었다.

담호의 목소리가 계속해서 이어졌다.

"하지만 그때 저는 어머니를 지켜 드리지 못했어요. 그저 아창을 꼭 껴안고 아버지가 돌아오기만을 기다릴 수밖에 없었어요. 힘이 없었으니까요. 어머니를 납치했던 자들과 싸울 힘이 제게는 없었으니까요."

왜일까.

담우천의 가슴이 답답해졌다. 그의 눈가가 그렁그렁해졌다. 있을 수 없는, 처음 느껴 보는 감정이었다.

"그래서 하루도 빼먹지 않고 수련한 거예요. 두 번 다시, 힘이 없어서 누군가를 잃는 일이 일어나지 않도록 말이에요. 아창도, 보보도, 두 새어머니도 모두 지킬 수 있도록 말이에요. 아니, 화평장 모든 식구를 지킬 수 있도록 힘을 키우고 싶었어요."

그래서였다. 담호가 단 하루의 수련도 빼먹지 않았던

것은.

저 머나먼 북해에서 북경부까지 여행하는 동안, 또 화군악과 함께 북경부를 떠나 새로운 여정을 이어 나가는 동안, 그리고 소림사에서 이곳 사천까지 이르는 동안에도 담호는 한 번도 수련하지 않은 적이 없었다.

동생들을 지키기 위해서, 부모와 가족을 지키기 위해서. 그런 힘을 갖기 위해서.

"진 아저씨는 죽었을까요?"

담호가 문득 물었다.

어디서부터 어디까지 알고 있는 것일까. 어쩌면 진재건과 헤어지던 그 순간부터 정신을 차리고 있었던 것일까.

담우천은 덤덤한 어조로 말했다.

"사람은 다 죽는다."

대답은 들려오지 않았다. 대신 담우천의 등이 축축해졌다. 울고 있는 게다. 힘이 부족해서 쓰러진 자신 때문에 애꿎은 진재건이 죽었으니까.

만약 자신에게 힘이 있어서 신창태왕에게 쓰러지지 않고 외려 그를 죽였더라면, 그래서 며칠이나 이곳 무천산 동굴에 머물지 않고 곧장 강만리를 따라 도주했더라면…… 절대 진재건이 죽는 일은 일어나지 않았을 테니까.

그러니 진재건의 죽음은 오롯하게 담호의 책임이었다. 담호 때문에 진재건이 죽은 것이다.

"아니, 너 때문이 아니다."

담우천이 말했다.

"살고자 했다면 얼마든지 살 수 있었다. 나와 방향을 달리해서 도망칠 수도 있었으니까. 단지 진 당주는 자신이 맡은 역할에 충실했을 뿐이다."

담우천이 말하는 동안 추격대는 빠르게 접근하고 있었다. 하지만 그는 개의치 않고 아들 담호에게 말을 건넸다.

"그의 임무는 나와 너를 지키는 것이었고, 그 임무를 완수하기 위해 최선을 다한 게다. 그런데 네가 네 탓이라고 자책만 한다면 그의 노력은, 그가 최선을 다한 건 어떻게 설명해야 하겠느냐?"

여전히 등 뒤에서는 코를 훌쩍이는 소리만 들릴 뿐 아무 목소리도 들리지 않았다.

"너 때문에 죽었다고 생각하지 마라. 너를 위해 죽었다고 생각해라."

담우천은 계속해서 말했다.

"그래서, 죽은 자를 생각해서라도 끝까지 살아남아야 한다. 버티고 또 버텨서 훗날 그의 무덤 앞에 술 한 병 가져다 놓아야 하지 않겠느냐? 당신 덕분에 내가 이렇게 살아남을 수 있었다고, 고맙다고 감사하다고 말하기 위해서라도 끝까지 버티고 살아야 한다. 알겠느냐?"

머뭇거리는, 희미한 목소리가 들려왔다.

"네, 아버님."

"그래. 이제 내려 주마."

담우천은 손을 풀었다. 담호가 내려서다가 비틀거렸다. 현기증이 인 모양이었다.

하지만 담호는 재빨리 자세를 갖추며 호흡을 가다듬었다. 여전히 파리한 안색이었지만 눈빛만큼은 그 어느 때보다도 형형하게 빛나고 있었다.

그때였다.

어느새 몰려든 백여 명의 추격대가 두 부자를 중심으로 몇 겹의 원을 그리며 포위했다.

그리고 한쪽으로 십여 명의 복면인들에게 둘러싸인 채 미모의 여인이 모습을 드러냈다. 천소유였다.

그녀는 담우천과 담호를 가만히 지켜보다가 입을 열었다. 하지만 다음 순간, 그녀를 호위하던 복면인 중 한 명이 귀엣말을 전했다.

일순 그녀의 안색이 파래지는 동시, 입술 꼬리가 파르르 떨렸다.

확실히 심복으로부터 전해 들은 보고는 충격적이었다.

-패도천왕 왕두균이 죽었습니다. 백팔원로의 대원로 중 아홉 명이 목숨을 잃었습니다. 청성 지부 무사들은 거의 전멸했습니다. 현재 추격대는 이곳의 백여 명과 뒤늦

게 이곳으로 오고 있는 오십여 명, 그게 전부입니다.

 단 한 명이었다.
 조조(曹操)의 대군(大軍)을 장판교(長坂橋)에서 홀로 막아 세웠던 장비(張飛)처럼, 삼백여 고수의 앞을 가로막은 자는 오직 단 한 명이었다.
 그 한 명으로 인해 무려 백오십에 가까운 고수가 목숨을 잃은 게다. 백팔원로 중 서열 삼십 위 안에 해당하는 대원로 아홉과 심지어 무림십왕 중 한 명인 패도천왕 왕두균까지 죽임을 당했다.
 도대체 무림의 어떤 고수가 있어서 그런 결과를 낼 수 있단 말인가.
 폭약이었다. 폭약의 힘이자 위력이었다. 폭약은 혼자의 힘으로 수백 수천을 상대할 수 있게 만들었다.
 그리고 어쩌면 지금 저렇게 오연히 서 있는 두 사람에게도 그런 폭약이 있을지 몰랐다.
 "조금 더 거리를 벌리라고 전하세요."
 천소유는 심복에게 지시했고 심복은 곧 전음술을 통해서 추격대의 각 조장과 대장들에게 지시를 전했다.
 사람들은 영문을 모르겠다는 표정이었지만, 여전히 천소유의 지시에 따라 담우천과 담호에게서 거리를 벌리기 시작했다.

'진 당주 때문이군.'

담우천은 속으로 중얼거렸다.

'우리에게도 그런 폭약이 있을지 모르니까. 흠. 그러고 보니 천소유라고 했었지, 아마? 비선의 선주라던?'

담우천은 과거 금적산의 장원에서 그녀와 마주친 적이 있었다. 당시 담우천과 일행은 그녀로부터 악양부에서부터 쫓겼는데, 모든 방법을 다 동원했지만 결국 그녀의 추격을 피하지 못했다.

그 싸움에서 결국 유 노대가 목숨을 잃고, 설벽린의 팔이 잘렸다. 그리고 이제 다시 진재건이 목숨을 잃었다. 그 모든 게 저 천소유와 관련된 일이었다.

'악연(惡緣)이로구나.'

담우천은 천소유를 보며 생각했다.

'그때 살려 주지 말고 죽였어야 했거늘.'

당시 담우천 일행은 격렬한 전투 끝에 천소유를 붙잡았지만, 강만리는 그녀를 죽이지 않았다. 건곤가와 태극천맹이 자신들의 뒤를 추격하지 못하도록 그녀를 미끼로 삼은 것이었다.

그게 실수였을까. 그때 죽였어야 했을까.

알 수 없는 일이었다.

하지만 지금은 확실히 알 수 있었다. 반드시 이 계집을 죽여야만 했다. 그렇게 결심하는 담우천의 눈가에 붉은

빛 살기가 감돌기 시작했다.


4. 그는 죽었습니까?

"굳이 쓸데없는 죽음이 필요할까요?"
천소유가 말했다.
나지막하고 조곤조곤한 말투였다. 주변 모든 이들은 고수였고, 담우천도 고수였다. 그녀의 목소리를 듣지 못하는 사람은 당연히 존재하지 않았다.
"이미 그쪽도 동료가 목숨을 잃었어요. 우리도 제법 많은 동료를 잃었고요. 뻔한 결과 때문에 더 죽어야 하나요?"
담우천이 물었다.
"뻔한 결과?"
"네. 그래요. 결국 당신들은 우리에게 잡히거나 죽게 되어 있어요. 당신이 어떤 방법을 쓰더라도, 설령 당신이 천하제일의 무공을 지니고 있다고 하더라도 그건 막을 수가 없는 결과죠. 하지만 당신은 그저 사선행자의 수령일 뿐이고, 또 당신의 곁에는 강만리나 화군악, 장예추도 없으니까요."
천소유는 나지막한 목소리로 계속해서 말을 이었다.

"그러니 애꿎은 인명 소모는 그만두고 예서 포기하세요. 항복하면 목숨은 살려 드리죠. 당신과 아마도 당신의 아들로 보이는 그 젊은이도."

담우천이 살짝 눈을 동그랗게 뜨며 물었다.

"이 아이가 내 아들로 보이나?"

"닮았으니까요. 얼굴 윤곽도 그렇고 서 있는 자세나 풍기는 기세 모두요."

"흐음."

담우천은 저도 모르게 담호를 돌아보았다. 투박하게 생긴 자신과는 달리 제 모친을 닮아서 선이 가늘고 잘생긴 외모의 담호였다.

그런데 지금 저 천소유라는 여인은 아들의 얼굴이 자신과 닮았다고 이야기하는 것이었다.

'닮았나?'

담우천은 고개를 갸우뚱거렸다.

"닮았어요."

천소유는 가만히 지켜보고 있다가 마치 담우천의 속내를 읽은 것처럼 고개를 끄덕이며 말했다.

"어쨌든 아들의 목숨이니 더 소중하겠죠. 살려 드릴게요. 항복하세요. 비선의 선주라는 직책과 천소유라는 이름을 걸고 약속하죠."

"어떻게 생각하느냐?"

담우천은 여전히 담호를 바라본 채 입을 열었다.
"예서 항복해야 한다고 생각하느냐?"
"아뇨."
담호는 고개를 저었다.
"애초 항복할 거라면 진 아저씨가 있을 때 항복했어야 합니다. 지금은 항복하기에도 이미 때가 늦었습니다."
"그렇지? 나도 마찬가지 생각이다."
담우천은 품에 손을 넣으며 천소유를 돌아보았다.
일순 천소유는 물론 담우천을 에워싸고 있던 백여 명의 추격대가 일시에 뒤로 물러났다. 역시 담우천에게 있을지 모르는 폭약에 대한 두려움 때문이었다.
담우천은 품에 왼손을 넣은 채 오른손으로는 검집을 튕겨 가볍게 검을 뽑아 들며 말했다.
"항복은 없다. 그러니 죽고 싶으면 얼마든지 덤벼도 좋다."
천소유는 입술을 깨물었다.
설득과 회유가 먹히지 않는 이상 남은 건 결전(決戰)뿐이었다.
하지만 저들에게는 폭약이 있을지 몰랐다. 심지어 품에 손을 넣은 담우천을 따라 담호 역시 한 손에 칼을 쥔 채 다른 손으로 품을 만지작거리고 있었다.
'허세일까?'

폭약을 가지고 있지 않는데 마치 지니고 있는 것처럼 허세를 부리는 것일까.

사실 그럴 가능성이 농후했다. 추격대를 저지하려던 그자에게 남은 폭약을 모두 줬을 가능성이 컸다. 그래야만 삼백여 명의 추격대를 저지할 수 있었을 테니까.

그러나 심증만으로는 공격을 감행할 수가 없었다. 조금 전 심복의 전언에 따르자면 그자는 마지막 폭약을 터뜨리는 것으로 패도천왕, 대원로들과 함께 동귀어진했다. 즉, 담우천과 담호 역시 그러지 않을 거라는 보장이 없었다.

'하지만……'

천소유는 담호를 바라보았다.

파리한 안색, 방금 병상에서 일어난 듯한 초췌한 모습. 담우천은 그런 담호를 등에 업은 채 산 정상 어림에서 예까지 수백 리를 달려 도망치려 했다.

그게 부모인 게다. 또 그런 부친의 마음을 생각하자면 절대 아들과 함께 동귀어진을 선택할 리가 없었다. 즉, 담우천에게는 폭약이 없는 가능성이 확실히 더 컸다.

'역시…… 확인해야 하겠지?'

천소유가 마음을 굳히려는 순간이었다.

"잠깐만 기다리시오!"

산 위쪽에서 창노한 목소리가 들리는가 싶더니 이내 두 개의 신형이 바람처럼 날아들었다. 그들을 본 천소유의 얼굴이 환하게 밝아졌다.

"두 분 어르신!"

우아하고 날렵하게 허공을 날아와 천소유의 앞에 떨어진 두 명은 다름 아닌 무림십왕의 절대권왕 조동립, 그리고 무정검왕 목부강이었다.

천소유에게 잠시 기다리라고 말한 이는 무정검왕이었다. 그는 호신강기와 반탄지력을 이용하여 진재건이 던진 유성비령탄을 무효화시킬 수 있었다.

물론 그 와중에 갈비뼈 몇 개가 부러지기는 했지만 치명상은 아니었고, 또 급한 대로 혈도를 점혈하여 통증을 가라앉히고 뼈가 움직이는 걸 막아 둔 상태였다.

무정검왕은 천소유를 향해 말했다.

"저자는 내가 상대하겠소."

천소유는 무정검왕과 담우천의 관계에 대해서 잘 알고 있었다. 또 일전에 무정검왕이 담우천에 의해 죽다 살아났다는 사실도 익히 잘 알고 있었다.

'결국 매듭을 풀 사람은······.'

매듭을 지은 사람이었다.

천소유는 가만히 고개를 끄덕이며 말했다.

"행여라도 폭약을······."

"아니, 그럴 친구는 아니오."

무정검왕은 천소유가 말을 맺기도 전에 고개를 가로저

으며 말했다.

"게다가 만약 그에게 폭약이 있었다면 이렇게 포위당할 때까지 사용하지 않고 기다렸을 리가 없소이다."

'아!'

천소유는 뒤늦게 자신이 간과한 부분을 떠올릴 수 있었다.

'그래. 만약 폭약이 있었더라면 계속해서 도망치는 데 사용했을 거야. 지금처럼 우리를 기다리지 않고 말이야.'

왜 그 당연한 생각을 하지 못했을까.

어쩌면 담우천이 뿜어내는 가공한 기세에 놀린 것인지도 모른다. 저 끝없이 담담하고 침착한 모습을 보고서 저도 모르게 불안해진 것인지도 모른다.

어쨌든 천소유는 비로소 확신할 수 있었다.

'그래. 저자에게는 폭약이 없어.'

그녀는 무정검왕을 향해 고개를 끄덕였다.

"반드시 놈을 잡으세요."

무정검왕도 고개를 끄덕였다.

"그럴 생각이오."

무정검왕은 몸을 돌렸다. 그리고 절대권왕 조동립과 함께 앞으로 걸어 나갔다. 포위망을 뚫고 그 안쪽으로 걸어 들어간 두 사람은 담우천과 담호 앞에 나란히 우뚝 섰다.

담우천이 물었다.

"그는 죽었습니까?"

무정검왕은 살짝 눈살을 찌푸렸다.

"이제 내 안부는 묻지도 않는 겐가?"

"직접 눈으로 보고 있는데 물을 안부가 어디 있겠습니까? 지금 나는 그의 생사가 더 중요합니다."

무정검왕은 가만히 담우천을 바라보다가 입을 열었다.

"죽었네."

일순 담호가 저도 모르게 탄식했다.

"아아!"

무정검왕은 힐끗 담호를 바라보며 말을 이었다.

"바로 내 앞에서 폭약을 터뜨렸네. 패도천왕 왕 형이 거기에 있었고, 대원로 십여 명이 함께 있었지. 만약 여기 조 형이 재빨리 나를 끌어내지 않았더라면…… 나도 그 자리에서 함께 죽었을 것이네."

담우천은 여전히 담담한 목소리로 물었다.

"그렇다면 그의 시신을 보지 못했다는 뜻이군요?"

"확실히 죽었네."

무정검왕은 단호하게 말했다.

"물론 시신은 찾을 수가 없었지. 거기 근처에 있던 십여 개의 시신이 동시에 폭발해서 살점과 핏물로만 남았으니까. 마찬가지 이유로 왕 형의 시신도 찾을 수가 없었네. 사람의 형상을 한 시신은 그 어디에도 없었으니 말이네."

담우천과 담호는 아무 말도 하지 않았다. 아니, 할 수가 없었다. 방금 무정검왕이 말한 그 처참한 광경이 그들의 머릿속을 가득 메우고 있었다.

"묻겠네."

무정검왕이 다시 입을 열었다.

"그 폭약, 축융문의 것인가?"

"그건 왜 묻습니까?"

"만약 축융문의 것이라면 그들을 찾아가 몰살시킬 생각이니까. 내 동료들을 죽인 폭약을 만든 곳이네. 살려둘 이유가 없겠지."

무정검왕 목부강의 대답에 담우천은 품에서 손을 떼고 검을 고쳐 쥐었다.

조금 떨어진 곳에서 지켜보고 있던 천소유가 그제야 안도의 한숨을 내쉬었다.

역시 폭약은 허세였던 게다.

"과연 목 교두께 그런 미래가 있을까요?"

담우천은 검 끝으로 무정검왕을 가리키며 말했다.

"이곳이 목 교두의 무덤이 될 건데 말입니다."

무정검왕의 얼굴에 살기가 스며들기 시작했다.

4장.
# 신검합일(身劍合一)과 이기어검(以氣馭劍)

그러나 정작 무정검왕 앞에서 반론을 펼치는 이는 없었다.
어쨌든 천하의 그들이라 할지라도 신검합일과 이기어검의
대결은 좀처럼 볼 수 없는 매우 희귀한 광경이었다.
무공을 숭상하고 무도(武道)를 추종하는
그들에게 있어서 놓칠 수 없는 장면이기도 했다.

**신검합일(身劍合一)과 이기어검(以氣馭劍)**

1. 검도(劍道)는 끝이 없으니까

 담호는 부친의 등에서 내리자마자 빠르게 제 몸 상태를 확인하다가 너무나도 깜짝 놀란 나머지 하마터면 저도 모르게 '억!' 하고 소리칠 뻔했다.
 신창패왕의 일격을 막다가 심각한 내상을 입기 전보다 훨씬 더 그의 내공이 증가한 상태였으며, 몸의 상태도 그전보다 훨씬 좋아진 까닭이었다.
 매일 하루도 쉬지 않고 수련해 왔던 까닭에 저도 모르는 상황에서 어긋나고 삐뚤어지고 손상되었던 뼈와 관절과 근육이 깨끗하게, 그야말로 갓 태어난 아이의 신체처럼 완전무결하게 고쳐져 있었다.

한쪽으로 기울었던 어깨도 수평을 이루고 있었으며, 경직되어 있던 인대와 근육은 적절하게 이완된 상태로 몸을 지탱하고 있었다.

무슨 영문인지 몰라 당황하던 담호는 문득 부친이 끊임없이 제 팔과 어깨와 다리를 문지르고 쓰다듬고 밀고 당겼던 기억이 어슴푸레하게 생각났다.

'추궁과혈(推宮過穴)을 해 주셨구나. 거기에 추나술(推拿術)까지 함께 말이지…….'

담호는 그제야 바로 부친 담우천이 자신에게 무얼 해 주었는지 알아차리고는 금세 가슴이 먹먹해졌다.

추궁과혈은 절대 함부로 할 수 있는 치료법이 아니었다. 무엇보다 자신의 내공을 소진하면서 부상자를 치료하는 수법이기 때문에 어지간한 인연이 있지 않는 자에게는 펼치지 않는 게 무림의 불문율(不文律)이었다.

또한 담우천이 추궁과혈과 함께 펼친 금강추나대법(金剛推拿大法)도 비슷한 궤의 치료법이었다.

소림사의 비전 치유술 중의 하나인 금강추나대법 역시 자신의 내공을 소모하여 부상자의 뼈를 맞추고 근육을 회복시키며 내공을 안정화하게 만드는 치료법이었다.

사실 일반적이라면 약물이나 영약, 영물의 내단 등을 복용하여 급작스레 늘어난 내공이 온전하게 제 것이 되는 일은 생각보다 그리 쉽게 이뤄질 수 없었다.

먼저 그 내공을 받아들일 단전의 그릇이 온전하고 넉넉하며 여유가 있어야 하고, 한데 뒤섞인 내공이 서로 충돌하고 어긋나고 튕겨 나가지 않도록 조화를 이뤄야 했다.

그런 각고의 노력을 거쳐서 새로 받아들인 내공의 오할가량만 내 것으로 만들어도 매우 성공한 내공 증가라고 말할 수 있었다.

그런데 놀랍게도 지금 담호의 내공은 녹혈과 대환단, 화평신단이 주는 모든 내력을 제 것으로 온전히 소화한 상태였다.

즉, 담호는 지금 예전보다 두 배는 족히 늘어난 내공을 지니게 되었으니, 바로 그것 또한 담우천이 사흘 동안 한시도 멈추지 않고 담호에게 추궁과혈과 금강추나대법을 번갈아 시전한 덕분이었다.

반면 담우천은 지금 어떨까.

사흘 내내 제대로 잠 한숨 자지 못한 채 자신의 내공을 소모해 가면서 아들의 내상을 치료하고 내공이 조화롭게 운용되도록 치료한 그였다.

그런 담우천의 현재 상태는 과연 온전할까. 저 무정검왕을 상대로 싸워 이길 수 있을까. 아니, 버틸 수나 있을까.

"이곳이 목 교두의 무덤이 될 건데 말입니다."

담우천은 검극으로 무정검왕 목부강을 가리키며 그렇

신검합일(身劍合一)과 이기어검(以氣馭劍) 〈109〉

게 말했다. 선전포고와 다를 바 없는 말이었다.

목부강의 눈가에 살기가 스며들었다. 목부강도 검을 꺼내 들어 반듯하게 세웠다.

순간 그 검에 가려져 목부강의 모습이 사라졌다. 검 한 자루만이 허공에 둥둥 떠 있는 듯했다. 담우천은 물론 주변 모든 이들의 시야가 한 자루의 검으로 가득 차는 순간이었다.

그야말로 완벽한 신검합일(身劍合一)의 경지였다.

신검합일의 수법은 절대로 검기(劍氣)나 검강(劍罡), 이기어검(以氣馭劍)보다 한 수 아래의 검공(劍功)이 아니었다.

검기나 검강, 신검합일과 이기어검은 각각 저마다의 장단점을 지니고 있는 검공이었으며, 단지 그 검공을 펼치는 데 소모되는 내공이 어느 정도인가 정도의 차이만 있을 따름이었다.

즉, 내공의 소모가 큰 검강이라고 해서 그보다 소모가 적은 검기보다 무조건 뛰어나고는 볼 수 없다는 것인데, 사실 검기나 검강을 펼칠 정도의 수준이 되는 절정고수들이라면 개인의 숙련도와 완성도의 차이에 따라서 승패가 좌우될 수밖에 없었다.

그런 의미에서 보자면 지금 목부강이 펼치는 신검합일은 그야말로 절정의 경지에 달했다고 할 수 있었다.

수년 전 황계의 안가 중 한 곳이었던 객잔에서 담우천과 손속을 겨뤘던 그때보다도 더 완숙하고 완벽해서, 이제는 담우천조차 목부강의 검 이외에는 그 어떤 것도 시야에 들어오지 않았다.

 전후좌우, 등 뒤에서 일어나는 모든 사물의 움직임까지 볼 수 있다는 담우천의 안력이 그 검 한 자루로 인해 무용지물이 되어 버린 것이었다.

 "그 경지에 오르고도 더 오를 곳이 남아 있던 것입니까?"

 담우천은 진심으로 감탄하며 말했다. 그러자 검이 묵직한 목소리로 대꾸했다.

 "검도(劍道)는 끝이 없으니까. 이제 정상이다 싶으면 또 다른 정상이 눈앞에 보이니까."

 담우천은 동의한다는 듯 고개를 끄덕였다.

 "저 역시 그래서 아직 검을 버리지 못하는 중입니다."

 놀랍게도, 담우천은 그렇게 말하면서 정작 손에서 검을 놓아 버렸다. 일순 지면으로 떨어지려던 검이 마치 보이지 않는 투명한 실에 매달린 것처럼 허공으로 둥실 떠올랐다.

 일순 지켜보던 이들은 저마다 놀라 부르짖듯 소리쳤다.

 "어검술(馭劍術)?"

 "이기어검(以氣馭劍)인가?"

 "그럴 리 없다! 저깟 놈이 이기어검술을 펼칠 리 없다!

저건 사람을 기만하는 사술(邪術)이고, 사람을 현혹시키는 요술(妖術)에 불과하다!"

사람들의 놀란 목소리가 격하게 들려오는 동안, 담우천의 검은 마치 공기를 물 삼아 떠 있는 배처럼 허공에 둥둥 뜬 채 천천히 방향을 바꿔 무정검왕 목부강의 검을 향했다.

목부강의 검이 입을 열었다.

"어검술이라고 해서 무조건 이길 것이라고 생각하면 큰 오산이네."

담우천은 검을 놓은 채 시야에 가득 들어오고 있는 목부강의 검을 바라보며 천천히 말했다.

"익히 잘 알고 있습니다."

물론 위 단계의 무공은 아래 단계의 그것보다 강맹하고 틈이 없으며 뛰어난 건 사실이었다. 그렇다고 아래 단계의 무공이 그보다 한두 단계 위의 무공을 이길 수 없느냐 하면 그건 절대 아니었다.

애당초 아예 무공 따위 펼치지 않고 그저 본능의 투기(鬪氣)만으로 싸워서 무림의 고수들을 압살하는 경우도 왕왕 있었으니까.

가령 화평장에서 위천옥이 제대로 된 무공 한 번 펼치지 않은 채 오직 주먹을 휘두르고 발길질하는 것만으로 저 백팔원로와 백도의 노기인들을 때려죽인 것 역시 바로 그러한 경우가 아니었던가.

 게다가 무정검왕이나 담우천 정도의 실력자가 되면 역시 중요한 건 형식이나 기술이 아니었다. 바둑의 고수가 되면 포석(布石)을 잊는 것처럼, 이미 형식과 기술은 그저 그들이 싸우는 데 보조 역할을 할 뿐이었다.

 신검합일이니 이기어검이니 하는 것 역시 형식과 기술에 불과했다. 역시 중요한 건 그들이 지닌 한 자루의 검을 얼마나 자유자재로 운용할 수 있느냐 하는 점이었고, 또 자신과 상대의 움직임을 얼마나 완벽하게 제어할 수 있느냐 하는 부분이었다.

 무정검왕과 담우천이 서로의 절기를 노려보고 있을 때였다.

 담우천의 등 뒤, 조금 떨어진 곳에서 그 광경을 지켜보던 노인 중 한 명이 품에서 슬그머니 비수 세 자루를 꺼내 들었다. 조금 전 이건 말도 안 되는 사술이라고 소리쳤던 바로 그 노인이었다.

 '누구 앞에서 감히 사술을 펼쳐 현혹시키려고 하는 게냐? 내 네놈의 사기극을 당장 밝혀 주겠다!'

 백팔원로는 아니지만 그래도 백도 정파에서는 나름대로 존경받고 인정받는 노기인인 비검탈명(飛劍奪命)은 말 그대로 비검술(飛劍術)의 달인 중 한 명이었다.

 비검술은 어검술과 그 궤가 비슷하여, 연륜이 깊지 않

고 실력이 부족한 이들이 볼 때는 서로 같은 무공이 아닌가 하고 착각할 때도 있었다.

물론 손에서 벗어나 허공을 휘돌며 상대를 공격한다는 점에서는 비검술이나 어검술 모두 같다고 할 수 있지만, 비검술은 이미 정해진 궤적을 따라 움직이고 어검술은 그 정해진 틀이 없이 시전자의 자유 의지에 따라 움직인다는 큰 차이점이 있었다.

비검술로 유명한 문파 중 한 곳이 바로 점창파(點蒼派)였는데, 그 성명절기라 할 수 있는 회풍무류사십팔검(廻風舞柳四十八劍)이 비검술의 대표적인 검법이었다.


2. 도망쳐라


비검탈명 또한 비검술에는 남다른 경지에 올라 있었다.

그의 세 자루 비수는 각각 세 방향으로 날아가 허공에서 세 번의 방향을 틀며 다시 세 번의 변화를 만들어 냈으니, 모두 스물일곱 번의 공격을 펼칠 수 있었다.

그래서 붙여진 명칭이 삼비이십칠살검(三匕二十七殺劍)이었다.

비검탈명은 모든 이들의 시선이 무정검왕의 신검합일과 담우천의 이기어검에 쏠린 순간을 틈타 바로 그 삼비

이십칠살검을 펼치고자 준비했다.

그가 호흡을 가다듬고 내공을 한껏 끌어올린 다음 정해진 궤도에 따라서 세 자루의 비수를 날리려는 순간!

"방해하지 마시게!"

묵직한 일성이 바로 그때 터졌고, 정확하게 비검탈명의 고막을 뒤흔들었다.

막 내공을 펼치려던 비검탈명은 한순간 내력이 꼬이고 내장이 진탕되는 충격에 그만 저도 모르게 "억!" 하는 비명을 내지르며 비수들을 놓치고 말았다.

사람들의 시선이 모두 그에게로 쏠렸다.

울컥!

피 한 모금을 내뱉으며 얼른 몸 상태를 진정시키고 내력을 가라앉힌 비검탈명이 눈살을 찌푸리며 항변하듯 소리쳤다.

"그대를 돕고자 했던 것이오, 무정검왕!"

조금 전 소리친 자는 다름 아닌 무정검왕 목부강이었다. 이미 완벽하게 한 자루의 검이 된 목부강은 검명(劍鳴)을 울려 말했다.

"그건 나를 돕는 게 아니라 방해하려는 것에 불과하오. 다른 분들 또한 마찬가지요. 누구라도 개입하려 한다면 저자보다 먼저 응징할 테니까."

노기인들 사이에서 웅성거리는 소리가 들려왔다.

물론 일대일의 승부에 개입하는 게 체면과 자존심을 뭉개는 일이라는 사실이야 다들 익히 잘 알고 있었다.

하지만 지금은 일대일의 승부라고 할 게 없지 않은가? 이미 저들은 노기인들의 동료 수십 명을 살해했고, 청성지부 무사들을 몰살하다시피 하지 않았던가?

그러니 이 와중에 자신의 호승심과 복수를 위해서 일대일 승부를 벌이고자 하는 무정검왕이 외려 무례하고 오만한 게 아닌가, 하는 게 대부분 노기인들의 생각이었다.

그러나 정작 무정검왕 앞에서 반론을 펼치는 이는 없었다.

어쨌든 천하의 그들이라 할지라도 신검합일과 이기어검의 대결은 좀처럼 볼 수 없는 매우 희귀한 광경이었다. 무공을 숭상하고 무도(武道)를 추종하는 그들에게 있어서 놓칠 수 없는 장면이기도 했다.

소란은 쉽게 가라앉았다. 비검탈명은 몇몇 지인과 함께 포위망의 뒷자락으로 빠져나갔다.

곧이어 두 번 다시 태극천맹과 오대가문의 일에 개입하지 않고 도움을 주지 않겠다는 거친 목소리가 포위망 뒤쪽에서 들려왔다.

노기인들의 얼굴에 씁쓸한 기색이 스며들 때였다.

무정검왕의 검이 입을 열었다.

"방해꾼도 사라졌고 구경꾼들도 지루해하는 것 같으

니, 이제 슬슬 시작하지."

 마치 대답이라도 하듯 허공에 둥실 떠 있던 검이 천천히 움직이기 시작했다.

 그리고 그게 신호였다. 순식간에 두 사람의 검이 천지(天地)를 새하얗게 뒤덮었다.

* * *

 수십 년을 넘어서 무려 일 갑자에 가까운 경험과 연륜을 쌓아 온 노기인들이었다.

 개개인의 무력이 이미 절정에 달한 만큼 그들이 경험했던 싸움의 경지는 일반 사람들이 도저히 상상조차 할 수 없을 정도로 지고하고 강렬했다.

 그런 노기인들조차 지금처럼 천지가 새하얗게 물든 가운데 아무런 소리도, 아무런 진동도, 그 어떤 감각도 느낄 수 없는 싸움은 생전 처음이었다.

 그랬다. 무정검왕 목부강과 사선행수 담우천의 일격에는 당연하게 존재해야 할 파공성이나 검이 부딪치는 소리, 내력과 내력이 맞부딪치면서 생기는 굉음, 지면이 뒤흔들리는 듯한 충격 같은 게 전혀 발생하지 않았다.

 노기인들은 그저 새하얀 공간에 갇혀 도대체 무슨 일이 벌어지고 있는지 알지 못한 채 입만 쩍 벌리고 있었다.

신검합일(身劍合一)과 이기어검(以氣馭劍) 〈117〉

그 새하얀 공간은 오롯하게 무정검왕과 담우천만의 공간이었다. 주변 그 누구도 침입하거나 범접하거나 끼어들지 못하는 그들만의 공간. 그 안에서 두 사람은 눈에 보이지 않을 정도의 빠른 공방을 주고받고 있었다.

한 호흡에 쏟아지는 수백 개의 빛무리가 사방으로 퍼졌다가 떨어지는 벚꽃처럼 어지럽게 흩날리다가 상대방의 삼백여 혈도를 노리고 파고들기를 반복했다.

그리고 바로 그게 새하얀 공간의 정체였다. 워낙 빠르게 쏟아지는 수백 개의 빛나는 검선(劍線)이 그들 주변을 에워싸자, 노기인들의 시선에는 그게 마치 새하얀 공간으로 뒤덮인 것처럼 보이는 것이었다.

그야말로 찰나의 순간이 영겁처럼 흘렀다.

오로지 눈부신 빛만이 사람들의 시야를 가득 메운 가운데, 침묵의 결전이 그 공간 안쪽에서 치열하게 전개되고 있었다.

한자리에 우뚝 서 있는 담우천의 두 손도 격렬하게 움직였다. 수십수백 개의 빛줄기로 갈라진 그의 검은 그 손의 움직임에 따라 허공을 선회하고 방향을 바꾸며 무정검왕 목부강의 전신에 내리꽂혔다.

하나하나의 빛줄기가 곧 그의 전력이 담긴 검이 되어 천지 사방에서 쏟아지는 별무리!

그 화려하고 장엄하면서도 압도적인 수법은 담우천이

최근에 창안한 새로운 검법이었다. 무영비격창의 깨달음을 바탕으로 삼고, 저귀의 도움으로 깨우쳤던 일원검과는 정반대의 형식을 담아서 펼치는 새로운 검법.

먼 옛날, 단 한 번의 호흡만으로 팔만사천 개의 검을 날렸다는 전설의 검법인 팔만사천검법(八萬四千劍法)처럼 수천 개의 빛줄기를 동시에 쏘아 낼 수 있는 검법.

세상에 단 한 번도 드러낸 적이 없었던 담우천의 신초식(新招式)이 지금 무정검왕 목부강을 난도질하고 있었다.

그러나 목부강의 신검합일은 말 그대로 금강불괴와 같았다.

이미 검과 혼연일체가 된 그였다. 그는 곧 검이고, 검이 곧 그였다. 검에게 요혈이라는 게 있을 리 없었으니, 담우천의 빛줄기가 수없이 부딪쳐 와도 얼마든지 튕겨 낼 수가 있었다.

아니, 부딪치면 부딪칠수록 목부강은 점점 더 단단해지고 강인해졌다. 자극을 받으면 받을수록 단단하고 커지는 사내의 양근(陽根)처럼, 두드릴수록 단단해지는 거푸집의 검처럼 목부강의 신검합일은 더욱더 강렬한 섬광과 함께 팽창하여 담우천의 시야를 가득 메웠다.

그러던 한순간, 수백수천 개의 빛무리와 거대하게 일어선 단 하나의 빛 덩어리가 정면으로 부딪쳤다. 이미 초절정에 이른 두 명의 고수가 전력으로 쏟아 낸 일격이었다.

천지가 무너지는 듯한 굉음과 진동이 일었다. 땅이 갈라지고 하늘이 붕괴하는 듯한 느낌이었다.

가까운 곳에서 관전하던 노기인들은 본능적으로 위기를 느끼고 황급히 신형을 날려 뒤로 후퇴했다.

그렇게 사방이 혼란과 혼돈으로 가득 찬 가운데, 두 사람의 공간을 가득 메우고 있던 빛줄기가 순식간에 사라졌다.

여전히 두 사람은 오연한 자세로 우뚝 서 있었다. 마치 아직 싸움을 벌이기 직전의 모습처럼, 두 사람은 자신들의 검을 쥔 채 상대를 노려보고 있었다.

노기인들은 눈을 부릅뜨며 두 사람을 번갈아 바라보았다. 누가 이기고 졌는지 확인하기 위함이었다.

그때였다.

주르륵.

한 줄기 핏물이 담우천의 입술 사이로 흘러나와 턱을 타고 떨어져 내렸다.

"아호야."

담우천은 피를 삼키며 말했다.

"너는 도망쳐라."

## 3. 사적(私的)인 인연

"이겼구나!"
"역시 무정검왕이다!"
"나는 싸우기 전부터 목 형이 이길 줄 알았다니까!"
 순간, 노기인들 사이에서 와아! 하는 함성이 터져 나왔다.
 핏물을 흘리는 담우천의 모습에서, 아들에게 도망치라고 말하는 그의 목소리에서 무정검왕의 승리를 확신한 까닭이었다.
 반면 담호의 얼굴은 사색이 되었다.
 '도망치라니? 나만 도망치라고 하신 건가, 지금?'
 담호는 그 진의를 구분할 수 없는 말에 당황하며 부친을 바라보았다.
 지금 담호의 시야 정면에는 담우천의 등이 우뚝 서 있었다. 그런 까닭에 담우천의 얼굴을 확인할 수가 없었다. 어떤 표정으로 그런 말을 하고 있는지 알 수가 없었다.
 그래서였을까. 아니면 또 다른 생각이 있어서였을까. 담호는 도망치지 않았다.
 외려 그는 입술을 깨문 채 성큼성큼 앞으로 걸어 나가 담우천의 바로 옆에 우뚝 섰다.
 그러고는 칼을 꺼내 들며, 담우천의 얼굴은 확인하지도

않은 채, 오직 정면에 서 있는 무정검왕만을 직시한 채 천천히 입을 열었다.

"올 때도 함께 왔으니, 갈 때도 함께 가야 하지 않겠습니까?"

담우천은 아무런 말도 하지 않았다.

어쩌면 담우천은 아들이 이렇게 나올 줄 뻔히 알고 있었는지도 모른다.

아니, 어쩌면 지금 담우천은 담호에게 한마디 따끔하게 해 줄 기력조차 없는 것인지도 몰랐다. 여진히 그의 입술 사이로 핏물이 흐르고 있는 걸 보면.

담호 역시 애당초 부친의 대답을 원하지 않았다는 듯 무정검왕을 향해 칼을 겨누며 말했다.

"담호라고 합니다. 비록 무명소졸이기는 하지만 부친의 패배를 가만히 두고 볼 수는 없는 터, 무정검왕 귀하께 한 수 가르침을 받고자 합니다. 수락해 주십시오."

당당하고 긍지 넘치는 목소리였다.

노기인들은 상대가 비록 적이라고는 하지만 그 패기와 당당한 모습이 마음에 든 듯 고개를 끄덕이며 중얼거렸다.

"그렇지. 부친의 패배를 두고 가만히 있으면 사내대장부가 아닌 게지!"

"그건 그렇다 치고 저 아이, 백도 정파의 예법을 제대로 익혔군그래. 사선행수의 자식이라는 것만 지워 낸다면 구대문파나 명문 정파의 자제라고 해도 손색이 없겠어."

"흠. 그러고 보니 자세도 안정되어 있고, 흘리는 투기와 기세도 흐트러짐이 없어. 딛고 서 있는 지면의 흔적을 보건대 얼마나 대단한 내공을 지녔는지 종잡을 수가 없네. 허어, 누가 도대체 이런 신예(新銳)를 키운 게지?"

"흐음. 사실 나는 아직 제자를 들이지 않았는데 저 정도 자질과 재능을 지닌 녀석이라면 충분히 내 제자가 될 수 있을 것 같으이. 아니, 솔직하게 말하자면 애원까지 해서라도 내 제자로 삼고 싶을 정도라네."

"그러니까 말이지. 하지만 결국 저 아이의 부친은 사선행수이고, 그 부친의 동료들은 무림오적이 아닌가? 저 아이는 절대 우리의 제자가 될 수 없을 것이야."

"그게 아쉽다는 걸세."

"누가 그 사실을 모르나? 단지 저 아이의 자질이 너무 뛰어나 보이기에 하는 말이지."

노기인들은 이내 담호가 보여 주는 기개 넘치고 위풍당당한 모습에 감탄하고 탄식하며 그렇게 대화를 주고받았다.

그때였다.

"누가 패했다고 그러느냐?"

잠자코 서 있던 무정검왕 목부강이 입을 열었다.

일순 노기인들의 사담이 쏙 들어갔다. 그들은 입을 다문 채 목부강을 돌아보았다.

목부강은 담호를 바라보며 말했다. 왠지 그의 목소리가 부드럽게 들렸다.

"아쉽기는 하지만 네 부친은 패하지 않았다. 내게 패했다면 지금 저렇게 서 있을 수 없을 테니까."

담호의 눈빛이 반짝였다.

목부강은 가만히 그를 지켜보다가 문득 서늘하게 빛나는 눈빛으로 담우천을 돌아보며 질문을 던졌다.

"그건 무슨 검법이지?"

담우천은 고개를 저으며 말했다.

"글쎄요. 아직 이름을 정하지 않아서……."

"설마…… 자네가 창안한 검식(劍式)이었나?"

"창안까지야……. 그저 그동안 있었던 몇 가지 깨우침을 바탕으로 혼자 몰래 수련하던 검법일 따름입니다."

"그런 것치고는 완성도가 높던데."

"과찬입니다."

"예전 객잔에서 펼쳤던 자네의 검법이 일대일의 승부에 특화되어 있었다면, 이번 검법은 다수를 겨냥하고 만든 것 같던데. 그렇지 않은가?"

목부강의 질문에 담우천은 살짝 고민하다가 솔직하게

말했다.

"지난날 여진의 대군과 싸우게 되었을 때 개인의 힘과 무공만으로는 도저히 그 인원을 감당할 수 없다고 생각했었습니다."

그의 말에 또다시 노기인들이 웅성거리며 놀란 얼굴로 서로를 돌아보았다.

그들에게 있어서 무림오적이 새외, 유주를 지나 저 머나먼 북해빙궁으로 도망쳤다는 소식은 들은 바 있었지만, 여진의 대군과 싸웠다는 소리는 금시초문이었던 까닭이었다.

그 와중에도 담우천의 묵직한 목소리는 계속 이어지고 있었다.

"만약 여진이 백만대군을 이끌고 쳐들어오면, 동시에 새외팔천의 세력이 대륙을 포위한 채 쳐들어온다면 그때는 설령 내가 천하제일인이라 할지라도 그들의 침공을 막을 수 없다고 생각했습니다. 그래서 틈틈이 동생들에게 조언을 듣고 소림사나 무당파 존장(尊丈)들의 고견을 들어 가면서 만들어 보았습니다."

"어이가 없구나!"

노기인들 중 누군가가 소리쳤다.

"새외팔천이 한꺼번에 쳐들어올지 모른다는 망상도 어이가 없지만, 소림사나 무당파의 존장들이 어찌 그대와

이야기를 나누겠느냐?"

그러자 대부분 노기인들이 고개를 끄덕이며 찬동하는 듯했다.

하지만 다음 순간 또 다른 노기인 한 명이 "어?" 하며 입을 열었다.

"그런데 무림오적이 소림사를 출발해서 사천으로 오는 길이라고 하지 않았소? 노부는 분명히 그렇게 들었는데 말이오?"

그의 말에 몇몇 노기인들의 눈이 동그랗게 변했다. 분명 이곳에 오기 전 들었던 보고가 바로 그러했으니까.

노기인이 다시 말했다.

"애당초 무림오적이 소림사를 거쳐 왔다면 그곳의 존장들과 대화를 나눴다는 말이 거짓이 아닐 가능성도 있지 않겠소?"

"그게 뭐가 중요하오!"

노기인들의 반응이 바뀌려는 찰나, 처음 어이가 없다면서 소리쳤던 노기인이 다시 소리쳤다.

"놈은 무림오적이오! 그리고 무림오적은 태극천맹과 오대가문과 우리들이 인증한 무림공적이오! 그런데 만약 소림사나 무당파가 무림공적과 사적으로 인연을 나눈다면, 그들 또한 무림공적과 하등 다를 바가 없지 않겠소? 그러니까 무림공적이 왜 무림공적이냔 말이오, 지금 노부의 말은!"

 무림공적은 강호무림에서 살아가는 모든 이들이 협의하여, 반드시 죽이거나 없애야 하는 자들에게만 붙여지는 낙인이었다.

 그렇기 때문에 공적(公敵)으로 규정되는 건 실로 간단치 않은 작업이었다.

 태극천맹와 오대가문이 주도하고 구파일방과 신주오대세가가 참여하며 백팔원로 전원이 참석하여 행여라도 있을지 모르는 소수 의견까지 모두 참고한 다음, 삼백육십오 명의 최고 결정권자들의 투표로 정해지는 게 바로 공적이었다.

 그중 하나라도 반대표가 나오면 다시 설득과 토론의 시간이 이어지고, 그렇게 세 번의 투표를 거치는 와중에 끝까지 반대표가 존재한다면 이뤄지지 않는 게 또한 공적이었다.

 즉, 무림오적이 공적으로 규정되었다는 건 구파일방, 그중 소림사나 무당파 역시 찬성표를 던졌다는 뜻이었다.

 그런데 뒷구멍으로 무림인들 몰래 무림오적과 사적인 인연을 계속 유지해 왔다는 건, 그야말로 전 무림인을 모독하는 것과 다를 바가 없었다.

 그러니 담우천의 말은 절대 사실이 아니어야 했다. 소림사와 무당파는 무림오적과 사적인 인연을 맺지도 않았으며, 당연히 담우천에게 조언해 주는 존장도 없어야만 했다.
 지금 절절한 목소리로 소리치고 있는 노기인은 바로 그걸 말하고 있는 것이었다.

5장.
# 역전(逆戰)

'아니. 그건 전부 핑계다. 무엇보다 내가 너무 당황했어.
침착하지 못하고 이성을 잃고 말았다.
늘 명경지수(明鏡止水)처럼 흔들림 없이
냉정하게 대처해야 한다고 가르침을 받았는데,
바보처럼 그 가르침을 까맣게 잊고 있었다.'
담호는 자책했다.

**역전(逆戰)**

### 1. 사자(獅子)의 갈기처럼

"아니, 지금 가장 중요한 게 무엇인지 아시오?"

자신의 목소리가 사람들에게 먹혔다는 걸 인지한 노기인은 또다시 크게 소리치기 시작했다.

"담우천은 무림오적이고, 저 담호라고 자신을 소개한 애송이는 무림오적의 자식이라는 것이오! 애당초 저들은 악마와 마귀와 같은 자들이니, 절대 그들의 겉모습과 알량한 예법에 속아 넘어가는 일이 없어야 할 것이오!"

그렇게 소리친 노기인은 운주담종(鄆州談宗)이라는 별호로 알려진 인물이었다.

담종(談宗)은 말솜씨가 뛰어나 사람들의 추앙을 받는

인물을 높여 부르는 말로, 운주 땅에서는 그보다 더 뛰어난 말 재간꾼이 없었다.

무엇보다 운주담종의 이야기는 확실히 일리가 있었다.

외모가 어떻고 언행이 어떻고 자질과 기세가 어떻든 간에 저들은 무림의 공적이었고 또한 공적의 아들이었다. 백도정파의 노기인들이 눈여겨 지켜볼 인물이 절대 아닌 것이었다.

그래서였을까. 조금 전 담호의 잘생기고 순수해 보이는 외모와 예의 바르고 품행이 방정한 모습에 감탄하며 제자 운운하던 노기인들의 얼굴이 벌겋게 달아올랐다.

운주담종은 계속해서 소리쳤다.

"그러니 이제야말로 무림오적을 때려죽일 시간이 된 것이오! 죽어 간 동료들의 원귀가 지금 저들을 때려잡으라고 말하고 있소이다!"

무천산 일대가 떠나가라 고함을 지르는 그의 눈가에는 촉촉한 물기마저 어려 있었다.

"도봉선인, 백의노사, 천절검객, 서천대사, 청성은염, 청해일곤…… 그 외에 수십 명의 동료가 저놈들에게 목숨을 잃지 않았소? 그 원한을 갚지 않을 거라면 지금 당장 돌아들 가시오!"

한(恨)과 증오(憎惡)가 서리서리 맺혀 있는 절규였다.

운주담종의 고함에 사람들의 안색과 표정이 달라졌다.

노기인들은 자신들이 너무 인자하고 품성이 어진 까닭에 '공적의 아들' 따위를 높이 평가한 것에 대해 자책하고 부끄러워했다.

물론 그게 끝이 아니었다. 그 자책과 부끄러움은 곧 저들에 대한 분노와 증오의 감정으로 변하면서 증폭되었다.

삽시간에 주변 공기가 핏빛 살기로 물들었다. 저들에게 죽어 간 동료들의 얼굴이 떠올랐고, 그들의 유쾌한 목소리와 즐거워하던 웃음소리가 노인들의 머릿속을 가득 메웠다.

"누가 원한을 갚지 않는다고 했소?"

누군가 목청 높이 부르짖었다.

"노부 또한 지난 수십 년 동안 동고동락했던 동료들의 죽음에 대해 울분을 참지 못하고 있소이다! 아니, 여기 모인 동도 중에서 그렇지 않은 형제들이 어디 있겠소? 당연히 원수를 갚고 원한을 풀 작정이오!"

그러자 많은 노인들이 분기탱천하여 고함을 내질렀다.

"옳소! 당장 놈들을 때려죽입시다!"

"어린아이라고 해서 절대 봐주면 안 되오! 사마외도의 자식들은 은혜도 모르고 인정도 모르는 놈들이니까!"

우렁우렁한 외침과 함께 포위망이 급격하게 좁혀들었다. 무정검왕이나 십왕의 다른 인물, 거기에 천소유마저도 어찌할 수 없을 정도로 노기인들의 분노는 격화하여 삽시간에 거대한 밀물처럼 담우천과 담호를 향해 밀려들었다.

"내가 시간을 벌 터이니 도망쳐라, 아호야."

담우천은 이를 악물며 말했다.

지금 그의 오장육부는 한껏 진탕되어 자리를 이탈한 상황이었다.

비록 무정검왕 목부강은 담우천이 패배하지 않았다고 말했지만 그건 사실이 아니었다.

담우천은 목부강을 이기지 못했다. 이기지 못한 상황에서 이렇게 오장육부가 진탕하고 적지 않은 내상을 입은 건 확실히 패한 것과 다를 바가 없었다.

담우천은 담호를 살리기 위해 지난 며칠 동안 자신의 기력과 내공, 정신력과 체력을 소진했다. 잠도 제대로 자지 못했다. 일원검법을 펼치기에는 모든 게 부족했다.

그래서 새로 창안한 검법을 펼친 것이었지만, 그 검법의 완성도는 크게 떨어져 있었다.

그러나 목부강의 신검합일은 그야말로 완벽했다. 담우천이 떨쳐 낸 수백수천 개의 빛줄기를 모두 막아 내고 튕겨 내는 동시에 감당할 수 없이 압도적인 파괴력으로 담우천에게 부딪쳐 왔던 것이었다.

담우천은 피할 수가 없었다. 주변 모든 것이 무정검왕이었고, 또 무정검왕의 검으로 둘러싸여 있었다. 사방에서 그 거대한 검이 밀려들었으니, 어찌 피할 수가 있겠는가.

결국 담우천은 자신의 검을 안으로 끌어들인 다음 사방으로 수천 개의 빛무리를 한꺼번에 발출하는 것으로 목부강의 공격을 마주했다.

그 수천 개의 빛무리와 사방에서 짓쳐들어오는 목부강의 검이 전력으로 부딪치는 순간, 바로 그 천지가 괴멸하는 듯한 굉음이 터진 것이었다.

그 일격으로 담우천은 제법 만만치 않은 내상을 입었다.

반면 목부강의 상태는, 어쨌든 겉으로 보기에는 여전히 담담하고 평온해 보였다.

그러니 결국 진 것이다.

비록 이런저런 이유가 있기는 했지만 결국 무정검왕의 신검합일을 깨지 못한 건 사실이었다.

하지만 담우천의 전신에서는 가공할 살기가 마치 사자(獅子)의 갈기처럼 휘날리고 있었다. 그 투기와 기세는 자신을 향해 밀려드는 엄청난 규모의 살기에 맞선 상태에서도 한 치의 흔들림이 없었다.

그렇게 담우천이 치열하게 버티고 단단하게 지탱하고 있는 까닭은 오직 하나였다. 아들 담호가 이 사면초가의 위기에서 모쪼록 목숨을 구해 도망치기를 바라는 마음에서였다.

그래서 담우천은 담호를 향해 거듭 재촉했다.

"한순간 길을 열어 주마. 그 길을 따라 도망쳐라."

그러나 아들은 부친의 마음을 이해하지 않았다. 아니, 이해하고 있어도 받아들이려 하지 않았다.

"싫습니다."

담호는 칼을 고쳐 잡으며 씩씩하게 말했다.

"아까도 말씀드렸지만 아버님과 함께가 아니면 절대 혼자서 도망치지 않을 겁니다."

"으음."

담우천은 가볍게 눈살을 찌푸렸다.

도대체 누구를 닮아서 이렇게 고집이 쇠심줄인지 모르겠다는 생각이 담우천의 뇌리를 훑고 지나갔다.

'하기야 순하기만 하던 자하도 한 번 고집을 부릴 때면 누구도 막을 수가 없기는 했으니까.'

담우천은 속으로 중얼거리다가 살짝 눈살을 찌푸렸다.

사방에서 노기인들이 밀물처럼 밀려들었다. 이제는 담호의 고집을 꺾을 시간이 없었다.

담우천은 두 손을 펼치며 검을 둥실 띄웠다. 예의 그 이기어검술을 시전하려는 것이었다. 동시에 그의 입이 크게 열리고 주문(呪文)처럼 격한 함성이 터져 나왔다.

"팔만사천어검술(八萬四千馭劍術)!"

순간 허공에 둥실 떠 있던 검이 수백수천 갈래로 갈라지더니 그것들은 다시 수백수천 개의 빛줄기로 변해 허공 높이 솟구쳤다가 사방으로 비산했다.

그 수많은 빛줄기는 담우천을 향해 전심전력으로 달려들던 노기인들을 향해 내리꽂혔다. 천하가 새하얀 빛무리로 가득 차는 순간이었다.

노기인들은 바로 눈앞에서 번쩍이며 터진 섬광에 시야가 무(無)로 변하자, 황급히 몸을 피하며 담우천이 서 있던 곳을 향해 쌍장을 휘두르고 검을 뻗으며 칼을 내리그었다.

백여 개의 가공할 위력을 담은 장력과 검기들이 폭풍과도 같은 기세를 떨치며 담우천과 담호를 향해 순식간에 폭사했다.

담우천은 담호의 어깨를 낚아채는 동시 환섬신루의 보법을 펼쳐 그 자리를 벗어났다.

쾅! 콰콰쾅!

요란한 굉음이 연달아 이어졌다. 수천 근의 폭약이 계속해서 터지는 것처럼 지면에 구멍이 파이며 거대한 흙무더기가 연속해서 십수 개나 허공 높이 솟구쳤다.

주변 백여 장 일대는 흙먼지가 안개처럼 자욱하게 일어서 전후좌우를 구분할 수가 없었다. 뒤늦게 여기저기에서 미미한 신음들이 희미하게 새어 나왔다.

담우천과 담호, 그리고 백여 명의 노기인들의 공전절후(空前絶後)한 일합(一合)은 그렇게 끝났다.

"쿨럭, 쿨럭."

담우천은 연신 기침하며 피를 내뱉었다. 안정되지 않는 상태에서 거듭 이기어검술을 펼친 부작용이었다.

그나마 천만다행이었던 건, 빠르게 환섬신루를 펼치며 자리를 벗어난 까닭에 백여 명의 노기인들이 한꺼번에 쏟아부은 공격 대부분을 피할 수 있었다는 점이었다.

반면 백여 명의 노기인 중 이삼십 명은 머리가 산발이 된 채 옷이 찢어지고 여기저기 피가 흐르는 게, 제법 적잖은 낭패를 본 몰골들이었다.

허공 높이 솟구쳤다가 사방으로 비산한 수천 개의 빛무리는 일직선으로 내리꽂히지 않았다. 저마다 서로 다른 궤도를 따라 휘어지며 파고드는 일격들이었고, 그 하나하나마다 상당한 강도의 파괴력이 실려 있던 것이었다.

물론 노기인들 모두 절정의 고수들이었지만 생전 처음 보는 초식을, 그것도 시야가 새하얗게 물든 와중에 상대한다는 건 극도로 난해한 작업이었다.

그래서였다. 백여 명의 노기인들 중 이십여 명의 부상자가 나온 것은.

놀라운 일이었다. 그 한 수의 공방만으로 보자면 확실히 담우천의 승리였으니까.

"젠장."

하지만 담우천의 입에서는 답답하다는 투의 투덜거림이 새어 나왔다.

조금 전 승부가 마지막 기회였다. 노기인들이 팔만사천비검술을 상대하는 동안, 담우천은 환섬신루를 펼치며 담호와 함께 포위망을 벗어나려 했다.

그러나 담우천과 담호를 에워싸고 있던 여러 겹의 포위망 중 후미의 포위망은 그 와중에서도 여전히 굳건하게 자리를 지키고 있었다.

마치 노기인들과는 무관하다는 듯한 치의 동요 없이 제자리를 지키고 서 있던 자들은 하나같이 검은 무복에 검은 복면으로 얼굴을 가리고 있었다.

바로 비선의 고수들이었다.


2. 정말 간들이 크구나

노기인들과 합을 맞춰서 공격하라는 천소유의 명령이 떨어지지 않는 이상, 비선의 고수들이 제자리를 벗어날 이유가 없었다.

바로 그것이 혼란과 동요를 틈타 도주하려다가 비선 고수들의 펼친 포위망 앞에서 담우천의 발목이 잡힌 이유였다.
 담우천은 곧장 그 포위망을 뚫고자 검을 휘둘렀다.
 하지만 바로 그때.
 "큭."
 담우천의 얼굴이 일그러지고 입에서 핏덩어리가 튀어나왔다. 재차 검을 휘두르기에는 몸 상태가 너무 좋지 않았다. 내상을 입은 상태에서 다시 이기어검술을 시전한 건 확실히 무리였다.
 "아버님!"
 담호가 놀라 소리치며 담우천을 부축하려다가, 이내 마음을 바꾼 듯 곧장 정면으로 치달리며 칼을 휘둘렀다. 마치 담우천을 대신하듯 휘두른 그의 칼에서 벼락이 일고 광풍이 휘몰아쳤다.
 포위망을 형성하고 있던 비선의 고수들은 움찔 놀라며 뒤로 물러났다.
 하지만 여전히 빠져나갈 구멍은 없었다. 비선의 복면인들이 담호의 공격을 피하느라 뒤로 물러난 대신, 좌우 옆쪽에 서 있던 또 다른 복면인들이 기다렸다는 듯이 다가와 그 빈자리를 메우고 있었다.
 그야말로 완벽한 연계였다.
 게다가 순간적으로 담우천과 담호를 놓친 노기인들도 가만히 있지 않았다.

"감히 도망칠 수 있다고 생각하느냐?"

"이 쥐새끼들 같으니라고!"

노기인들은 버럭 소리치며 담우천과 담호를 향해 날아들었다. 그들은 조금 전과 같은 실수를 반복하지 않겠다는 듯이, 십여 명씩 돌아가며 차륜전(車輪戰)을 펼쳤다.

덕분에 그들은 전력을 다해 훨씬 더 강하고 예리하고 파괴력 높은 절초로 두 부자를 공격할 수 있었다.

담우천의 전면에서 비선 복면인들에게 공격을 퍼붓던 담호가 순간적으로 몸을 빙그르르 돌려 담우천의 뒤쪽으로 돌아섰다. 그러고는 무루백팔폭렬도법을 펼치며 노기인들의 벼락같은 공세를 모두 막아 냈다.

노기인들이 뿜어내는 막대한 압력을 정면으로 마주한 까닭일까, 전력을 다해 칼을 휘두르는 담호의 얼굴이 시뻘겋게 물들었다.

챙! 챙! 채앵!

칼과 검이, 칼과 칼이 쉬지 않고 부딪치면서 요란한 쇳소리가 연달아 터져 나왔다.

그러던 한순간, 담호의 칼은 노기인들의 가공할 파괴력을 이겨 내지 못한 채 결국 툭! 하고 부러졌다.

담호의 안색이 새파랗게 질렸다.

그걸 본 노기인들이 껄껄 웃음을 터뜨렸다.

"제대로 운용할 줄도 모르면서 쓸데없이 내공만 높아

서 괜히 애꿎은 칼만 부러지는구나!"

"무작정 부딪치는 게 능사가 아닌 게지! 네놈의 칼은 하나이지만 우리는 백여 개의 칼과 검이잖더냐? 비껴 내고 훑어 내리고 비스듬히 쓸어내릴 줄 알아야 하거늘, 아직 그것도 모르는 애송이였더냐?"

노기인들의 지적은 정확했다.

담호는 지금 한 명의 노기인과 부딪쳐 싸우는 게 아니었다. 백여 명의 노기인과 돌아가면서 칼과 검을 부딪치고 있었다.

당연히 담호의 칼이 받는 충격은 노기인들의 그것에 비할 바가 아니었고, 결국 수십 차례나 맹렬하게 노기인들의 무기와 부딪치고 또 부딪친 가운데 부러지고 만 것이었다.

'젠장!'

칼이 부러지자 담호는 적잖게 당황했다.

평소라면 어떻게 대응할지 침착하게 생각하며 움직였을 텐데, 워낙 상황이 급박한 데다가 노기인들이 정신없이 휘몰아치며 공격을 퍼부으니 도저히 정신을 차릴 수가 없었다. 그의 손발은 어지러워졌고, 자세도 엉망이 되고 말았다.

이내 노기인들의 칼과 검이 그의 몸 곳곳을 찌르거나 스치고 지나갔다. 피가 사방으로 튀었다.

"뒤로 물러나라."

담우천이 입술의 피를 닦으며 앞으로 나섰다. 졸지에 뒤로 밀려나게 된 담호는 분한 표정을 지우지 못한 채 질끈 이를 악물었다.

분명히 내공은 더 높아졌고, 체력과 기력도 좋아졌을 텐데 평소의 실력보다 절반도 발휘하지 못한 것이다.

상황이 다급해서? 상대하는 노기인들의 무력이 높고 뛰어나서? 아니면, 부친의 부상 때문에?

'아니. 그건 전부 핑계다. 무엇보다 내가 너무 당황했어. 침착하지 못하고 이성을 잃고 말았다. 늘 명경지수(明鏡止水)처럼 흔들림 없이 냉정하게 대처해야 한다고 가르침을 받았는데, 바보처럼 그 가르침을 까맣게 잊고 있었다.'

담호는 자책했다.

조금만 더 냉정함을 유지했다면 자신의 칼이 그렇게 쉽게 부러지는 걸 피할 수 있었을 테고, 또한 지금 이런 부상을 입지도 않았을 터였다.

게다가 무엇보다 자신을 대신하여 부친이, 그것도 상당히 중한 내상을 입은 부친이 앞장서게 될 일은 전혀 없었으리라.

"간들이 크시구려."

아들을 대신하여 앞으로 나선 담우천은 검을 지팡이 삼

아서 짚고 선 채로 노기인들을 둘러보며 말했다.

"감히 내 자식에게 상처를 입히다니. 그 몇 배로 돌려받을 각오들은 다 하셨겠지?"

노기인들은 어이가 없다는 듯 껄껄 웃었다.

"그렇다. 각오는 다 했으니, 과연 우리를 어떻게 할지 어디 한번 보여 주도록 하라!"

그렇게 소리친 자는 운주담종이었고, 노기인들은 다시 껄껄 웃으며 담우천을 비웃었다.

담우천은 대답 대신 호흡을 조율했다. 들썩이던 그의 어깨가 차분해지기 시작했다. 여전히 그의 눈빛은 무덤덤했고, 표정은 한결같이 차분했다. 바로 그게 담호와의 차이점이었다.

담우천은 단전을 활짝 열고 그 안의 모든 것, 한 번 손상되면 두 번 다시 메울 수 없는 진원진기(眞元眞氣)까지 모두 끌어올렸다.

마지막 일격을 펼치겠다는 단호한 결의와 의지의 빛이 그의 굳게 다문 입가에 맺혔다.

조금 거리가 떨어진 곳에서 그 광경을 지켜보고 있던 천소유가 흠칫 놀랐다. 담우천의 결의와 의지를 읽은 까닭이었다. 그녀의 눈빛이 파르르 떨렸다.

그녀는 조금 전에 보았던 그 무지막지한 이기어검술을 잊지 않았다. 아무리 압도적인 상황이라고는 하지만 만약 담우천이 그 팔만사천어검술을 다시 펼친다면 또다시 노기인들의 피해가 발생할 수 있었다.

그러니 애당초 담우천이 이기어검술을 펼치게 가만 놔둬서는 안 되는 일이었다.

천소유는 손을 높이 들었다. 후미의 포위망을 향한 손짓이었고, 지금 등을 돌리고 있는 담호와 담우천에게 기습을 가하라는 명령이기도 했다.

단단히 포위망을 결성하고 있던 비선의 복면인들은 소리 없이 은밀하게 칼과 검을 들고 담호와 담우천을 향해 기습 공격을 날렸다.

낮은 비명이 터졌다.

"큭!"

"윽!"

담호와 담우천은 황급히 뒤를 돌아보았다. 수십 명의 복면인이 두 사람을 향해 덤벼들다가 갑자기 뒤에서 날아든 일격에 낮은 신음을 터뜨리며 쓰러지고 있었다.

의아한 표정을 짓던 담호의 눈빛이 한순간 반짝였다. 울울창창한 숲속 안쪽에서 몇 개의 그림자가 천천히 모습을 드러내고 있었다.

그 면면을 확인한 순간 담호의 입에서 환호의 목소리가 튀어나왔다.

"숙부님들!"

그랬다.

마지막 포위망을 결성하고 있던 비선의 복면인들 뒤쪽으로 신기루처럼 등장한 이들은 바로 담호의 숙부들, 그러니까 강만리와 화군악, 그리고 장예추였다. 또한 그들 뒤로는 예닐곱 명의 남녀가 함께 모습을 보였다.

불시(不時)의 영웅(英雄)처럼 등장한 화군악이 껄껄 웃으며 소리쳤다.

"그래. 누가 감히 내 조카를 위협하고 있는 것이더냐!"

그는 여유 넘치는 표정과는 달리 빠르세 두 손을 마구 휘젓고 있었다. 그의 손이 움직일 때마다 무형의 지력(指力)이 가공할 기세로 사방으로 뻗어 나갔다.

포위망의 최후미에 있던 복면인들이었다. 당연히 자신들의 등 뒤로 새로운 자들이 나타날 거라고는 상상하지 못했고, 오로지 천소유의 지시에 따라 담우천과 담호를 죽이는 것에만 집중했다.

그 방심은 아무리 비선의 복면인들이 뛰어난 실력을 지니고 있다고 할지라도 절대 화군악의 지풍을 피하지 못하게 만드는 원인이 되고 말았다.

연달아 신음과 비명이 터지면서 복면인들은 수수깡처럼 속절없이 쓰러졌다.

그뿐이 아니었다. 장예추의 양 손목에서 날아오른 두 개의 투명한 고리를 마치 이기어검의 검처럼 자유자재로 허공을 선회하며 복면인들의 목을 베고 팔과 다리를 그었다. 마지막 포위망이 순식간에 무너지고 있었다.

그 속절없이 포위망이 붕괴되는 광경에 천소유가 놀라 소리쳤다.

"모두 퇴각하세요!"

살아남은 복면인들은 이내 지면을 걷어차고 사방으로 흩어졌다.

강만리 일행은 그들의 뒤를 쫓지 않았다. 대신 복면인들이 사라져서 시야가 뻥 뚫린 전면을 향해 당당한 모습으로 걸어 들어갔다. 그리고 그곳에는 담우천과 담호가 서 있었다.

강만리가 고개를 숙이며 말했다.

"조금 늦었습니다, 담 형님."


3. 다 아는 사람들이네요

장예추도 고개를 숙이며 말했다.

"이제야 돌아왔습니다, 담 형님."

화군악은 활짝 웃으며 물었다.

"어때요, 딱 시간 맞춰서 왔죠?"

담우천은 그제야 한껏 끌어올렸던 내공과 진원진기를

가라앉히며 대답했다.

"그래. 아주 딱 맞춰서 왔다. 급히 오느라 피곤했겠구나."

"아뇨. 전혀 피곤하지 않았어요, 저는. 하지만 사부들은 어땠는지 모르겠네요."

화군악의 말이 떨어지기가 무섭게 그의 뒤쪽에서 두 명의 여인과 다섯 명의 사내가 걸어왔다. 두 여인을 본 담우천이 급하게 허리를 숙였다.

"담우천이 두 분 어르신을 뵙습니다."

그건 어딘지 모르게 어색한 광경이었다.

중년의 우아함과 미모를 지닌 여인들에게, 또 그녀들과 비슷한 또래로 보이는 담우천이 그토록 정중하게 인사하는 건 확실히 타인들의 시선에는 이상하게 보일 수 있었다.

그때 담호가 활짝 웃는 낯으로 고개를 숙이며 말했다.

"큰할머니, 둘째 할머니. 정말 오래간만입니다. 담호가 인사드려요!"

그러자 할머니 소리를 듣기에는 너무나도 젊어 보이고, 아름다워 보이는 두 여인 또한 활짝 웃으며 인사를 받았다.

"정말 오랜만이다, 아호. 그동안 부쩍 컸구나. 이제 당당한 어른이 되었네."

"그러니까 말이야. 아무리 사별삼일(士別三日)이면 괄목상대(刮目相對)한다고는 하지만 이렇게나 빨리 성장하다니, 정말이지 아이들은 며칠만 눈을 떼도 금세 자란다니까."

그렇게 말한 두 번째 여인은 슬프다는 표정을 지으며 말을 이었다.

"이제 그 귀엽고 깜찍한 아호는 어디에서 찾을 수 있을꼬? 아창도 벌써 저리 컸을까?"

"아뇨. 녀석은 아직도 애기예요, 애기."

담호는 고개를 설레설레 흔들며 말했다.

"그나마 대소변을 가릴 수 있게 되었다는 점에서 예전보다는 조금 나아졌다고 할 수 있을지도 모르겠어요."

"호오. 그래도 한두 살 더 먹었다고 똥오줌을 가리게 되었구나."

"네. 하지만 그것 빼고는 정말 아직도 애기예요. 그래서 매번 물가에 내놓은 것처럼 사람들의 걱정만 끼치거든요."

담호는 마치 오래간만에 친할머니를 만난 손주처럼 즐거워하며 대화를 나눴다.

그들 주변에는 여전히 백여 명의 노기인이 있었고, 또 그 숫자에 버금가는 비선의 인물들이 모여 있었지만 담호와 두 여인은 오로지 자신들밖에 없는 것처럼 그렇게 희희낙락하여 수다를 떨었다.

 한편 강만리 일행이 등장할 때부터 긴장하던 노기인들의 안색은 급격하게 침중되었다.

 놀랍게도 이곳에 모인 노기인들 중 저들의 등장을 알아차린 이는 거의 없었다. 무엇보다 저 중년의 귀부인들을 보고 그녀들의 신분을 알게 된 노기인들은 더더욱 큰 충격에 사로잡히고 말았다.

 "이, 이런…… 야래향과 빙혼마고라니."
 "그녀들이 아직도 살아 있었던 말인가?"
 노기인들의 충격은 매우 컸다.

 물론 그들은 야래향과 빙혼마고가 태극천맹의 무한감옥(無限監獄)인 지저갱(地底坑)에 갇혀 있다가 화군악의 도움을 받아 지저갱을 탈출한 것도 알고는 있었다.

 하지만 그로부터 십여 년, 그동안 그녀들에 관한 아무런 정보도 소식도 없었기에 대부분의 사람들은 이미 그녀들이 죽었다고 생각하고 있었다.

 그런데 지금 저렇게, 왕년에 활약하던 그때와 비교해도 거의 달라지지 않은 미모와 기품을 간직한 채 이렇게 모습을 드러낸 것이다.

 반면 세월의 흔적을 고스란히 받아들인, 그래서 쭈글쭈글한 주름살에다가 거무튀튀한 검버섯에다가 톡톡 튀어나온 쥐젖에다가 심지어 고약한 냄새까지 풍기게 된 노기인들은 더더욱 당황하여 어쩔 줄 몰라 했다.

 아름다운 중년의 두 여인 중 조금 더 화려하고 요염하게 생긴 귀부인은 담호와 잠시 담소를 나누다가 문득 주변을 둘러보았다. 그녀는 노기인들 한 명, 한 명의 얼굴을 바라보면서 고개를 끄덕였다.

 "다 아는 사람들이네요."

 그녀는 마치 오래전 지인, 혹은 벗을 만난 듯 반갑다는 표정을 지으며 웃었다.

 "그런데 왜 다들 그렇게 늙었어요? 이제 쭈끄렁 할아버지들이 다 되었네."

 "허험."

 물론 무력도 뛰어나지만 무엇보다 말솜씨 하나만으로 천하를 움직이게 한다는 운주담종이 애써 태연한 기색으로 헛기침하면서 천천히 입을 열었다.

 "실로 오랜만이오, 빙혼마고."

 빙혼마고라고 불린, 여전히 요염하고 색기 흘러넘치는 여인이 알은척하며 대꾸했다.

 "오랜만이에요, 담종."

 운주담종은 빙혼마고가 자신을 알아보자 살짝 기쁜 듯한 표정을 지었다. 하지만 그는 이내 그 기색을 감추며 다시 말을 꺼냈다.

 "우리더러 할아버지가 되었다고 하셨소? 그야 당연하

지 않겠소? 살아온 세월이 몇십 년인데 말이오. 흐르는 물을 막지 않듯이 흐르는 세월을 거부하지 않고 고스란히 받아들여 자연스럽게 나이를 먹은 게 지금의 우리들 모습이오. 그런데 당신과 야래향은 어떠하오?"

운주담종은 빙혼마고와 바로 그녀의 곁에 서 있는 우아하고 현숙해 보이는 귀부인을 번갈아 바라보며 말을 이었다.

"그렇게 인위적으로 세월을 거부하고 늙지 않은 게 그리 행복하오? 이미 예순의 나이가 훌쩍 지났는데도 아직도 그렇게 청루(靑樓)의 여인처럼 사내들을 현혹하려 하는 그 모습이 그리도 마음에 드오? 그게 다 부질없다는 것을 어찌 아직도 모른단 말이오? 그대들에게는 체면이나 자존심이나 긍지라는 게 없는 것이오?"

"네. 없어요."

빙혼마고는 빙긋 웃으며 고개를 끄덕였다. 운주담종의 눈살이 절로 찌푸려졌다.

"살아가는 데 있어서 체면이나 자존심이나 긍지라는 게 도대체 왜 필요한 거죠? 그리고 지나온 세월의 햇수를 떠나 젊음을 유지하고 건강하게 살아가는 게 왜 나쁜 걸까요?"

빙혼마고는 웃는 낯으로 말했다. 하지만 왠지 그 웃는 모습은 운주담종을 비웃는 것처럼 보였다. 그녀는 계속해서 말을 이어 나갔다.

"무엇보다 젊고 건강해야만, 시들지 않고 탄탄하고 탱탱한 육체를 가지고 있어야만 나날이 즐겁고 행복하거든요. 이미 고추가 시들시들해져서 그 즐거움을 잊게 된 당신들이야 잘 모르겠지만, 저는 아직도 새신랑과 함께 매일 뜨거운 밤을 보내고 있거든요."

그녀의 직설적인 화법에 주변 모든 노기인들은 물론, 운주담종까지 말문이 막혔다.

그때였다.

"허어, 경경(鏡鏡). 그건 너무 과한 발언이구려."

초로에 접어든 사내의 묵직한, 하지만 조금은 쑥스러운 듯한 목소리가 그녀의 뒤편에서 들려왔다.

일순 빙혼마고의 안색이 확 달라졌다. 비웃음과 조롱에 뒤섞인 조소가 아닌, 진짜 사랑과 애정과 행복이 담겨 있는 환한 미소가 그녀의 얼굴 가득 담겼다.

그녀는 허리를 요염하게 비틀며 방향을 돌리더니 바로 뒤에 서 있던 남자에게 안기다시피 팔짱을 꼈다. 오십 대 초중반으로 보이는, 흰머리가 희끗희끗한 사내가 난감한 표정을 지으며 억지로 팔짱을 풀었다.

"내가 밖에서는 이러면 안 된다고 몇 번이나 이야기했소? 제발 내 생각 좀 해 주오."

"치잇. 그럼 당신은 내 생각을 해 주나요?"

"물론이요. 매일 한시도 빼먹지 않고 당신 생각만 하고 있다오."

"아니, 그런 거 말고요. 내가 얼마나 사람들에게 당신을 자랑하고 싶은지 알고 있느냐는 거예요."

"어어? 허험. 그, 그건 그러니까……."

두 사람의 대화는 너무나도 달콤하고 다정하고 행복하게 느껴져서, 부인이 없거나 혹은 남편이 없는 노인네들에게는 치명적으로 다가왔다.

대부분의 노기인들이 인상을 찌푸리는 가운데 몇몇 노기인들은 마치 내상이라도 입은 듯 가슴을 부여잡고 허리를 웅크리기도 했다.

물론 빙혼마고는 노기인들의 반응에 아랑곳하지 않았다. 외려 그녀는 그렇게 내적 충격을 입은 노인들을 향해 자랑하듯 말했다.

"여러분께 소개하죠. 이이가 바로 내 새신랑이랍니다. 세상에서 가장 잘생기고 믿음직스럽고 현명한 사람이죠. 또한 그 누구보다도 나를 아끼고 사랑해 주는 사람이랍니다."

빙혼마고의 소개를 받은 자는 머쓱한 표정을 지으며 두 손을 모아 노기인들에게 인사했다.

"지금 상황을 보건대 이렇게 한가로이 인사나 나눌 때가 아닌 것 같기는 하지만, 어쨌든 소개를 받았으니 정식으로 인사드리겠습니다. 경경의 남편인 당운보(唐雲寶)라고 합니다. 앞으로 많은 하교(下敎) 바랍니다."

그의 말이 떨어지기가 무섭게 몇몇 노기인들이 눈을 휘둥그레 뜨며 소리쳤다.

"당운보!"

"사천당문의 독종주(毒宗主)가 아니던가?"

"어째 낯이 익다 했더니 사천당문 사람이었군그래."

"음? 그런데 어떻게 사천당문 사람이 공적십이마 따위와 혼인을 하게 된 거지?"

노기인들의 입에서 중구난방 서로 다른 이야기가 튀어나올 때였다.

인자하고 부드러우면서 어딘지 모르게 시골 촌사람과 같은 순수하고 어수룩한 모습의 당운보의 기세가 한순간 급변했다. 주위를 압도하는 가공할 투기가 그의 전신에서 서릿발처럼 뿜어져 나온 것이었다.

"따위라니!"

당운보는 노기인들을 둘러보며 엄중한 표정으로 따지듯 말했다.

"지금 누가 따위라고 말하셨소? 내 내자에게 따위라는 말을 사용할 정도로 배포가 크고 간담이 큰 자가 어느 방면의 누구요? 당장 내 앞으로 걸어 나오시오!"

그의 노기 가득한 목소리는 쩌렁쩌렁하게 사방으로 울

려 퍼졌고 불꽃이 튀는 듯한 강렬한 시선은 군웅을 압도했다. 노기인들은 저도 모르게 입을 굳게 다문 채 그저 당황한 눈빛으로 당운보를 바라만 보고 있었다.


4. 사돈지간(査頓之間)

 강만리의 지시를 받고 곧장 사천당문으로 달려간 화군악과 장예추는 상상조차 하지 못했던 뜻밖의 상황에 대경실색하고 말았다.
 "내 남편이란다."
 빙혼마고 사경경이 수줍은 듯 웃으며 그렇게 사천당문의 독종주 당운보를 소개한 까닭이었다.
 당운보는 머쓱한 표정으로 머리를 긁적이며 말했다.
 "아, 이제는 독종주가 아니네. 그녀와 혼인하는 조건으로 독종주의 자리를 내려놓았으니까."
 화군악과 장예추는 아무런 말도 하지 못한 채 서로의 얼굴을 바라볼 따름이었다.
 나중에 이야기를 들어 보니 그건 한 편의 순애보(純愛譜)였다. 처음 만났을 때부터 당운보에게 호감이 생겼던 빙혼마고의 적극적인 구애가 일반적인 사랑 이야기와 사뭇 다르기는 했지만, 어쨌든 그녀의 끈질긴 구애로 인해 평생 혼자 살겠다는 당운보가 그 맹세를 깨고 결국 그녀와 혼인까지 하게 된 이야기였으니까.

두 사람의 사랑에 사천당문 측에서는 상당히 난감할 수밖에 없었다.

빙혼마고는 사천당문의 사위인 장예추의 존장이었고, 당운보는 장예추의 아내인 당혜혜의 숙부였으니 따지고 보면 사돈지간이라고 할 수 있었고, 사돈끼리 혼인하는 일은 극히 이례적인 사건이었다.

거기에 무엇보다 빙혼마고는 공적십이마 중의 한 명이었고, 비록 그녀의 나이가 몇 살인지는 알 수 없었지만 그래도 당운보보다 확실히 나이가 많았다.

그러나 당운보는 당문 측의 그 모든 고민을 일거에 해소하겠다는 듯이 거침없이 제 의견을 피력했다.

"독종주의 자리를 내려놓겠습니다. 아울러 두 번 다시 당문의 이름을 입에 올리지 않겠습니다. 그러니 그녀와의 혼인을 허락해 주십시오."

독종주야 그렇다 치더라도 당문의 이름을 입에 올리지 않겠다는 건 곧 스스로 호적을 파내고, 파문을 당하겠다는 뜻이었다.

사천당문의 수뇌부들은 난감한 표정을 감추지 못한 채 회의와 회의를 거듭했다.

잠자코 회의 과정을 지켜보던 당문의 문주 당운학(唐雲鶴)이 문득 고개를 갸웃거리며 입을 열었다.

"그런데 우리의 사위인 장예추가 세상에서는 무림오적이라고 불리며 공적 취급을 당한다는 사실을 다들 잊고 있는 게 아닌가?"

일순 수뇌부들은 움찔거렸다. 당운학이 계속해서 말을 이어 나갔다.

"이미 공적을 사위로 둔 마당에, 또 다른 공적을 며느리로 받아들이는 게 뭐가 그리 어려운 일이라고 그토록 결정을 내리지 못하는지 모르겠군그래."

사람들은 고개를 숙였다. 그리고 그것으로 당운보와 빙혼마고의 혼인이 결정되었다.


"미안해. 화평장에 연락을 보냈을 때는 이미 그곳은 텅 비어 있었어. 십삼매에게 물어봤더니 다들 그곳을 떠나 북해빙궁 쪽으로 갔다고 하더라고. 그래서 그냥 우리끼리 혼인식을 올리고 신혼 방을 차렸어."

빙혼마고는 말 그대로 새신부처럼 활짝 웃으며 그렇게 말했다.

이야기를 듣던 화군악은 울지도 웃지도 못한 표정을 짓고 있었다. 그러다가 문득 생각난 듯 야래향을 돌아보며 물었다.

"사, 사부는요?"

야래향이 빙긋 웃으며 말했다.

"이곳에서도 많은 사내들을 만나 보았지만 날 신붓감으로 생각하는 사람은 결국 너밖에 없더구나."

화군악의 얼굴이 밝아졌다.

"사부……."

"그래. 혜혜는 잘 지내고?"

"아, 네."

그렇게 화제가 바뀌고 잠시 그들은 서로의 근황과 안부에 대해서 이야기를 나눴다.

그동안 사천당문을 떠나지 않았던 두 여인에게 있어서 새로운 정보가 너무나도 많았다. 장예추가 쌍둥이를 낳은 것도 처음 알게 된 소식이었고, 두 번째 부인을 얻게 된 것 역시 처음 듣는 이야기였다.

그리고 화평장 전투에서 무상검마와 유령신마, 혈천노군이 목숨을 잃었다는 이야기를 전해 들을 때는 저도 모르게 눈물까지 글썽거렸다.

하지만 무엇보다 현재 무림의 상황과 오대가문과 태극천맹, 그리고 종리군의 움직임은 그녀들을 더욱더 진지하게 만들었다.

특히 백팔원로를 비롯한 정파의 노기인들이 강만리 일행의 뒤를 쫓고 있다는 이야기가 나오자, 두 여인은 저도 모르게 자리에서 벌떡 일어나며 발을 동동 굴렀다.

"그렇게 다급한 일이 있었다면 애당초 그것부터 이야기했어야 하지 않느냐?"

빙혼마고가 질책하듯 말하자 화군악은 눈을 끔뻑이며 대꾸했다.

"하지만 마고가 전혀 틈을 주지 않으셨잖아요? 만나자마자 혼인했다면서 남편 자랑만 지금까지 내내 하셨잖아요?"

"그, 그야……."

"어쨌든 우리가 어찌하면 되겠느냐?"

야래향이 중재하듯 끼어들었다. 화군악은 당운보를 힐끗거리며 말했다.

"당문에서 빌려주실 수만 있다면 독약을 비롯하여 몇몇 독공의 고수를 데리고 가고 싶습니다. 그게 강 형님의 부탁입니다."

그 말에 야래향과 빙혼마고는 저도 모르게 당운보를 돌아보았다.

당운보는 곤란한 얼굴을 한 채 수염을 쓰다듬으며 잠시 고민했다. 그곳에 있던 모든 이들이 초조한 시선으로 바라보고 있을 때, 그는 문득 좋은 생각이 났다는 듯이 환한 표정을 지으며 입을 열었다.

"내가 가면 어떻겠소? 그래도 한때는 사천당문의 독종

주였으니 어지간한 독공 고수 몇몇을 데리고 가는 것보다는 나을 것이오."

 화군악이 반색하며 대꾸하려 할 때, 그보다 먼저 장예추가 공손하고 정중하게 말했다.

 "당 숙부께서는 이제 우리에게 진정한 의미의 웃어른이 되셨으니 말을 편하게 해 주셨으면 합니다. 그렇게 우리에게 말을 높이시면 너무 거리를 두시는 것처럼 느껴집니다."

 맞는 말이었다. 야래향이 어머니라면 빙혼마고는 이모라고 할 수 있었다. 그 이모와 혼인했으니 당운보는 화군악과 장예추의 이모부가 되는 셈이었다.

 당운보가 머리를 긁으며 머뭇거리자 빙혼마고가 그의 옆구리를 툭 치며 말했다.

 "당연히 말을 놓아야죠. 안 그러면 내가 더 불편하다고요."

 "허험. 그렇지, 아무래도? 그럼 이제부터 편하게 말하겠네."

 "네. 부디 그리 대해 주십시오, 당 숙부."

 "저도 그게 편합니다, 당 숙부."

 장예추와 화군악의 말에 당운보는 고개를 끄덕이며 다시 입을 열었다.

 "조카들이 위험에 처해 있다는 사실을 알고서도 나서

지 않으면 그게 어찌 숙부라고 할 수 있겠나? 내가 함께 가겠네. 거기에 내 시종 한 명 정도면 백도의 노기인 백여 명 정도는 어찌어찌 해결할 수 있을 것이야."

그렇게 광오한 이야기를 태연하게 하는 당운보를 보고는 화군악과 장예추의 눈이 휘둥그레졌다. 오직 두 명의 힘만으로 백팔원로와 정파의 노기인들을 상대할 수 있다니, 도대체 이 얼마나 오만방자한 말인가.

빙혼마고가 끼어들었다.

"그런데 말이에요. 거기에 저도 포함되겠죠?"

"왜, 임자도 함께 가실 생각이오?"

"당연하죠. 내 조카들이 위험하다고 하잖아요?"

"으음……."

"그럼 나도 가야겠구나."

야래향이 웃으며 입을 열었다.

"나 역시 제자와 그 동료들이 위험에 처한 걸 보고 가만히 있을 수 없으니 말이다."

화군악이 손뼉을 치며 말했다.

"그럼 우리까지 포함해서 모두 여섯 명이 움직이겠군요. 좋아요! 아주 조촐하니, 최대한 빨리 행동할 수 있겠어요."

"아니."

야래향이 묘한 미소를 머금은 채 고개를 저었다. 화군

악의 눈이 동그랗게 변했다.

"네? 그럼 또 누가 더 있나요?"

화군악의 물음에 그녀는 의미 모를 미소를 지은 채 고개를 끄덕였다.

"그래. 한 명 더, 아주 엄청난 원군이 우리와 함께 갈 거야."

"아주 엄청난 원군이라니요?"

그렇게 되묻는 화군악은 도저히 모르겠다는 표정을 짓고 있었다.

6장.
# 대장의 오른팔

천하의 담우천이 말을 잇지 못했다.
언제나 무심하고 냉정하던 담우천의 입가가 파르르 떨렸다.
강만리의 눈빛이 그 입가를 따라 파르르 흔들렸다. 젠장.
빌어먹을 예감은, 그것도 나쁜 예감은
언제나 정확하게 들어맞는다.
지금처럼. 빌어먹을 지금처럼.

**대장의 오른팔**

1. 재회(再會)

 무천산 계곡가에서 담우천 일행과 헤어진 후, 먼저 헤어졌던 황계 고수들을 만나기 위해 새로운 안가를 목표로 하산하던 강만리는 이내 생각을 고쳤다.
 '이대로 안가로 가 봤자 아무런 소용이 없다. 십삼매에게서 더 빼내 올 원군도 거의 없지 않은가?'
 황계의 무력 중 사천 일대에 있는 모든 인원을 끌어다 모은 게 불과 십여 일 전의 일이었다. 그 십여 일 동안 대륙 전역에 흩어져 있던 나머지 세력이 모두 사천으로 모여들 리가 없었다.
 그렇다면 지금 안가로 가서 재정비해 봤자 저 무림십왕

과 수백여 노기인과 싸워 이길 수 없었다.

그래서였다. 강만리는 안가로 돌아가는 대신 무천산을 내려오자마자 방향을 선회하여 동남쪽으로 내달렸다. 바로 사천당문이 있는 방향이었다.

날짜를 헤아려 보건대, 지금쯤이라면 화군악과 강만리가 이미 사천당문에 당도하여 독공의 고수들이나 혹은 독약을 챙겨 되돌아오는 중일 터였다.

하지만 그들이 성도부로 향했다가 다시 십삼매에게 소식을 전해 듣고 새로운 안가로 출발하여 그곳에서 강만리와 해후하기에는, 떨어져 나간 담우천 일행의 안위가 너무나도 급박한 실정이었다.

그러니 안가에 눌러앉은 채 마냥 기다리고 있기보다는 직접 그들을 마중하러 나가는 게 훨씬 더 빠르고 적절하다는 게 강만리의 판단이었다.

강만리는 좁고 험한 길을 따라 사천당문으로 향했다.

다행인 것은 사천당문으로 향하는 길이 워낙 험하고 좁아서 잔도(棧道)라고 일컬어지는 만큼, 에둘러 다른 곳으로 돌아가거나 빠져나가는 길이 거의 없다는 점이었다.

즉, 이 길을 따라 쭉 달리다가 보면 반드시, 라고 할 정도로 화군악들과 마주칠 가능성이 높았다.

그리고 강만리의 판단은 정확하게 들어맞았다.

황계의 고수들과 헤어진 지 불과 이틀도 되지 않아서,

강만리는 사천당문 쪽에서 성도부로 향하는 잔도를 따라 달려오고 있는 한 무리와 맞닥뜨리게 되었다.
 사천당문에서의 일을 끝내고 서둘러 성도부로 돌아오던 화군악 일행이었다.
 "어라, 형님?"
 화군악이 먼저 펄쩍 뛰어오며 강만리를 반겼다.
 "어떻게 이곳까지……."
 "긴말할 시간이 없다. 가면서 이야기하자. 그래, 독공의 고수들은 모셔 왔느냐?"
 그렇게 빠른 어조로 물어보는 강만리의 얼굴에 일순 실망의 기색이 스며들었다.
 화군악과 함께한 무리의 수는 그를 포함하여 겨우 일곱. 거기에 장예추를 제외한다면, 그리고 뒤늦게 확인한 야래향과 빙혼마고까지 제외한다면 겨우 세 명이 전부였던 까닭이었다.
 '셋이라…… 이것 참.'
 화군악의 대답을 기다리면서 내심 혀를 차던 강만리의 눈이 이내 휘둥그레졌다. 무리 중 후미에서 달려오던 사내의 모습이 유난히 낯이 익었던 까닭이었다.
 저도 모르게 그의 거무튀튀한 얼굴을 확인하던 강만리는 일순 비명처럼 소리치고 말았다.
 "석정이구나!"

대장의 오른팔 〈169〉

놀랍게도, 그 곤륜노(崑崙奴)처럼 거무튀튀한 안색의 사내는 성도부 포두 시절 강만리를 추종하던 포쾌 석정이었다.

황계가 독인(毒人)으로 만드는 과정에서 주화입마의 상태에 빠졌던 바로 그 석정이었다. 그리하여 마지막 희망과 기대를 걸고 수년 전 사천당문으로 보냈던 바로 그 석정이었다.

"대장!"

석정은 곰이 울부짖듯 소리치며 단숨에 달려와 강만리를 부둥켜안았다. 강만리도 덥석 그를 껴안았다.

"살아 있었구나! 살아 냈구나! 정말 다행이다! 정말 고맙다, 이 녀석아!"

강만리도 멧돼지처럼 울부짖으며 기뻐했다.

"대장이 이렇게 건재하신데 제가 먼저 죽으면 안 되잖습니까? 대장의 오른팔은 언제나 저이니까요."

석정도 마구 환호하며 소리쳤다.

건장한, 그것도 곰처럼 멧돼지처럼 커다란 체구의 사내들이 부둥켜 끌어안은 채 눈물까지 흘리는 광경은 그 어떤 광경보다도 사람의 마음을 울컥거리게 했다.

뒤늦게 달려온 사내들도, 야래향과 빙혼마고도, 장예추와 화군악도 아무런 말도 하지 않은 채 가만히 그들을 지켜보고 있을 따름이었다.

이윽고 감동의 재회를 끝낸 강만리는 행여 다른 사람들이 볼까 봐 얼른 눈시울을 훔치며 화급히 화제를 돌렸다.

"두 대부인께 제대로 인사도 드리지 못했습니다만, 워낙 시급을 다투는 상황이라서 말입니다. 서둘러 돌아가죠. 가면서 이야기를 드리고, 또 이야기 듣겠습니다."

강만리의 다급한 표정에 사람들은 고개를 끄덕인 후 그의 안내를 받아 무천산으로 직진했다.

무천산으로 향하는 동안 강만리는 빙혼마고가 그곳에서 혼인까지 하고, 그 남편이 다름 아닌 독종주 당운보라는 이야기를 듣고 놀라 입을 다물지 못했다.

또한 어떻게 석정이 주화입마를 헤치고 살아남게 되었는지에 관한 경과를 들으면서 사천당문의 은혜에 진심으로 감사해했다.

게다가 사천당문 측에서 빙혼마고의 잃어버린 내공을 찾는 방법과 또 야래향의 무공을 회복하는 방법을 발견하여 그녀들의 무위를 예전 상태로 되돌렸다는 이야기에는 그야말로 경신술을 펼치다가 말고 그 자리에서 펄쩍 뛰며 환호할 뻔까지 했다.

'야래향, 빙혼마고 두 분이라면 확실히 큰 전력이 된다. 거기에다가 사천당문의 독종주와 그 시종이라면…… 내가 원했던 것 이상의 성과를 얻어 낸 것이리라.'

강만리는 그렇게 생각하며 화군악과 장예추를 흐뭇한

눈길로 바라보았다.

한편 강만리로부터 대읍현에서 있었던 지금까지의 상황을 전해 들은 화군악은 매우 초조한 표정을 지으며 더욱 전력을 다해 경공술을 펼쳤다.

"그러니까 자칫 잘못하다가는 담 형님과 담호, 그리고 진 당주가 저 무림십왕에게 포위당할 수도 있다는 뜻이잖습니까? 그렇게 되기 전에 얼른 무천산에 당도해야죠!"

화군악은 그렇게 소리치며 십 성 화후에 이른 월령투영신의 경공술을 펼치며 잔도를 나는 듯 달려갔다.

그렇게 다시 이틀이 흘렀다.

그토록 자욱했던 안개가 천천히 걷히고 사방의 풍경이 환하게 드러나던 바로 그날, 거의 한숨도 자지 않은 채 경공술을 펼친 화군악 일행은 마침내 무천산 어귀에 당도할 수 있게 되었다.

그때 무천산 숲 저 안쪽에서 우레와 같은 굉음이 터지며 천지가 무너지듯 뒤흔들렸다. 그 뒤를 이어 온갖 비명과 고함이 희미하게 들려왔다.

화군악의 안색이 급변했다. 그는 주위를 둘러보더니 곧장 신형을 허공 높이 띄워 근처에 있던 가장 높은 나무 꼭대기로 날아올랐다.

가느다란 나뭇가지가 휘청거리지 않을 정도로 사뿐하

게 그곳에 안착한 화군악은 그 높은 곳에 서서 주위를 둘러보며 진원지를 찾았다.

"우측 산길로 사오 리 정도 오르면 됩니다!"

화군악은 나무 아래에서 기다리고 있던 동료들에게 소리치자마자 이내 나뭇가지를 박차고 날아올랐다. 그의 신형이 뜨거운 햇살 아래 눈부시게 반짝였다.

2. 탓이 있다면

수풀을 헤치고 넓은 공터로 나선 강만리는 곧장 살수를 펼치는 화군악과 장예추와는 달리 주변을 둘러보며 상황을 살폈다.

어느 쪽이 우세한지는 물론이거니와 얼마나 많은 적이 있는지, 또 눈여겨 지켜봐야 할 고수들은 몇이나 되는지, 그리고 이 많은 수의 무리를 이끄는 자는 누구인지 확인하고자 함이었다.

적의 수는 백오십에서 이백 정도였다. 그중 백팔원로와 정파의 노기인의 수는 백여 명 정도, 나머지 인원 대부분은 검은 복면을 둘러쓰고 있었다.

'청성 지부 녀석들이 보이지 않는 걸 보니 뭔가 일이 있었나 보구나.'

대장의 오른팔 〈173〉

강만리는 그렇게 생각하며 적의 본진 안쪽으로 시선을 돌리다가 저도 모르게 눈빛을 반짝였다.

그곳에는 수십 명의 복면인을 호위로 둔 아름답게 생긴 여인이 초조하고 당황한 표정으로 정면을 주시하고 있었다. 물론 그녀는 강만리가 익히 잘 알고 있는 여인, 천소유였다.

'비선의 선주. 그렇다면 저 복면인들은 비선의 수하들일 터. 인원수와 개개인의 무력을 보자니 비선의 전력이 동원된 모양이구나.'

비선은 비록 구조상 태극천맹 원로회의 하부 조직이지만 또한 독립적인 지휘 체계를 지니고 있어서, 비선의 선주에게 명령을 내릴 수 있는 사람은 실제로는 그 누구도 없었다.

심지어 비선의 선주는 태극천맹주의 지시조차 거부할 수 있었으니, 완벽하게 홀로 떨어진 정보 조직이자 암살 조직이 바로 비선이었다.

'그 비선을 움직이게 했다면 역시 종리군이겠지.'

종리군은 건곤가와 연관이 있었고, 또 천소유는 건곤가의 여식이었다. 그 삼각관계가 하나로 이어지면서 비선의 전력과 백팔원로가 총동원하게 되었으리라.

그렇게 상황을 지켜보던 강만리의 표정이 한순간 야릇하게 변했다.

'으음? 진 당주의 모습이 보이지 않는데?'

그리고 보니 진재건의 모습이 어디에고 보이지 않았다. 부상을 입은 듯한 담우천과 왠지 모르게 안색이 파리한 담호를 두고 도대체 어디로 간 것일까.

설마 도망이라도 친 것일까?

'아니, 절대 그럴 리가 없다.'

그렇다면…….

'설마…….'

강만리의 안색이 딱딱하게 굳어졌다.

이때 한창 격전이 벌어지고 있었던 장내에는 기묘하게도 수인사를 나누는 자리가 진행되고 있었다. 빙혼마고의 묘한 매력에 저 노회한 백도정파의 노기인들이 옴짝달싹하지 못하는 중이었다.

강만리는 모든 이들의 이목이 빙혼마고와 당운보에게 집중된 틈을 이용하여 담우천의 곁으로 다가갔다. 그 기척을 알아차린 담우천이 먼저 말했다.

"때맞춰 돌아와 줘서 정말 고맙네."

"운이 우리 편이라는 거겠죠. 그런데 진 당주는요?"

"진 당주는……."

천하의 담우천이 말을 잇지 못했다. 언제나 무심하고 냉정하던 담우천의 입가가 파르르 떨렸다. 강만리의 눈빛이 그 입가를 따라 파르르 흔들렸다.

젠장.

빌어먹을 예감은, 그것도 나쁜 예감은 언제나 정확하게 들어맞는다. 지금처럼. 빌어먹을 지금처럼.

말을 듣지 않아도 알 수 있었다. 진재건이 어찌 되었는지, 그에게 무슨 일이 벌어졌는지.

강만리는 피가 나도록 입술을 깨물었다. 담우천의 입에서 무미건조한 목소리가 흔들리듯 새어 나왔다.

"죽었네."

말을 들었다. 이제 확실해졌다. 진재건의 죽음이.

이제는 십삼매의 충복이 아닌 화평장의 무사라며 껄껄껄 웃던 그를 두 번 다시 볼 수 없게 된 것이었다.

빌어먹을.

"우리가 도주할 시간을 벌어 주기 위해 홀로 저들과 맞섰네. 축융문의 모든 폭약을 터뜨려서 백 명 정도는 죽인 것 같더군. 아아, 그리고 보니 무림십왕의 패도천왕도 죽였다는 것 같던데."

담우천의 이야기만 들어 보면 확실한 성공이었다.

진재건 혼자의 힘만으로 추격대 중 백 명 이상을 몰살시키고 천하의 패도천왕까지 죽였다면, 그야말로 완벽한 승리라고 할 수 있었다.

하지만 강만리에게는 전혀 와닿지 않았다.

백 명을 죽인들 천 명을 죽인들 무림십왕 전원을 몰살

시켰다 한들, 진재건이 없으면 패배한 것과 다를 바가 없다는 생각이 그의 머릿속을 휘젓고 있었다.

강만리에게 있어서 진재건이 그렇게나 중요한 인물이었을까. 아니, 그건 아니었다. 불과 보름 전만 하더라도 수틀리면 강만리가 직접 그를 죽일 작정까지 했었으니까.

그런데 왜 지금 강만리는 이렇게나 크게 상심하는 것일까. 왜 커다란 망치로 뒤통수를 가격당한 느낌을 받는 것일까.

그건 강만리 본인도 알 수 없었다. 왜 자신이 진재건의 비보에 이리도 가슴이 쓰라리고 억울하고 분한지, 정작 강만리조차 알지 못했다.

그나마 다행일까. 눈물은 흘러나오지 않았다. 눈이 붉게 충혈된 건 폐찰에서 도주한 후로 지금까지 제대로 잠을 자지 못했기 때문이리라.

강만리는 속에서 부글부글 끓어오르는 무언가를 억지로 눌러 가라앉히고는 담호를 향해 차분한 어조로 물었다.

"몸은 괜찮느냐?"

담호도 입술을 깨물며 대답했다.

"네, 괜찮습니다. 하지만 저 때문에 진 아저씨가……."

"아니, 그건 아니다. 절대로 그리 생각하지 마라."

강만리가 단호하게 말했다.

"그는 자신의 역할에 충실했을 뿐이다. 자신이 맡은 임무를 수행했을 뿐이다. 다들 그렇게 주군을 지키기 위해 목숨을 걸고, 또 그러다가 목숨을 잃고 그러는 법이다. 그러니 절대 네 탓이 아니다. 만약 탓이 있다면 진 당주에게 그런 임무를 맡긴 내 탓이 있겠지."

강만리의 말에 담호는 억지로 눈물을 삼켰다. 담호는 잠시 그런 담호를 지켜보다가 문득 담우천를 돌아보며 화제를 바꿨다.

"그나저나 많은 일이 있었나 봅니다."

"적지 않은 일이 있기는 했었지."

담우천이 고개를 끄덕였다.

"어쨌든 무정검왕과 싸우다가 내상을 입고 말았으니까."

담우천의 자조적인 말에 마치 그런 부친을 지원하듯 담호가 빠르게 끼어들었다.

"아버님은 사흘 내내 저를 간병하시고 제게 추궁과혈과 금강추나대법을 번갈아 시전하시느라 내력이 상당히 소모된 상태에서 싸우셨어요. 만약 몸 상태가 온전하셨더라면 절대 무정검왕에게 패하지…… 아니, 부상을 당하지 않으셨을 거예요."

담호는 얼른 단어를 바꾸며 말을 맺었다.

"그래그래. 나도 안다."

강만리가 고개를 끄덕이며 말했다.

"네 부친이 온전하다면야 세상 그 누가 감히 그의 앞을 가로막을 수 있겠느냐? 네 부친이 천하제일인에 버금간다는 거야 누구나 다 아는 사실이니까 그렇게 흥분하지 않아도 된다."

"제, 제가 언제 또 흥분했다고······."

담호가 머쓱하게 말할 때였다.

"지금 누가 따위라고 말하셨소? 내 내자에게 따위라는 말을 사용할 정도로 배포가 크고 간담이 큰 자가 어느 방면의 누구요? 당장 내 앞으로 걸어 나오시오!"

성난 맹수의 포효와 같은 목소리가 들려왔다. 강만리와 담우천, 담호의 고개가 동시에 그곳으로 향했다.

그곳에는 당운보가 서슬 퍼런, 위압감이 흘러넘치는 모습으로 우뚝 선 채 노기인들을 쓸어 보고 있었다.

노기인들은 그 위세에 눌린 듯 다들 침묵하고 있었다.

그때였다. 군중의 후미 쪽에서 한 여인의 목소리가 들려왔다. 다름 아닌 천소유였다.

"우리는 지금 백도정파와 태극천맹, 오대가문의 일원으로, 무림의 공적인 무림오적을 척살하는 중입니다."

이번에는 모든 이들의 시선이 그녀에게로 향했다. 천소유는 거침없이 말을 이어 나갔다.

"그런데도 사천당문이라는 명문 거대 문파에 속하시는

당 사숙(四淑)께서 그들을 옹호하고 그들의 편을 들고자 하시는 건 아니겠지요? 설마하니 전 무림을 적으로 돌릴 생각은 아니시겠지요?"

당운보는 움찔거렸다. 하지만 그는 전혀 당황한 표정이 아니었다.

사실 이 문제는 빙혼마고와 혼인하기 훨씬 전, 그러니까 당혜혜의 남편인 장예추가 무림오적 중 한 명이 되면서부터 사천당문이 끌어안게 된 고민이었다.

그리고 지난 수년 동안 사천당문은 그 문제에 관해서 어떻게 세상 사람들에게 말해야 할지 모범 답안을 만들어 냈다.

그리고 지금부터 당운보는 그 모범 답안을 입에 올리고자 하는 것이었다.

3. 조카들에 맡기면 된답니다

"건곤가의 천 소저가 아니오? 혜혜의 혼인식 때 보고 처음이니 거의 십 년 만이구려. 그동안 잘 지내셨소?"

당운보의 안부에 천소유는 어쩔 도리 없이 대답했다.

"저야 늘 잘 지내고 있습니다. 하지만 무림오적을……."

"그러니까 말이오."

당운보는 천소유의 말이 이어지기 전에 잘라 내며 자신의 말을 이어 나갔다.
　"혜혜의 혼인식 당시 천 소저도 참석하지 않으셨소? 그리고 혜혜가 누구의 아내가 되는지 똑똑히 지켜보시지 않았소? 바로 그 장예추가 혜혜의 남편이 되었소. 하지만 그때 천 소저는 그 두 손으로 손뼉까지 치면서 두 사람의 앞날을 축복하지 않았소?"
　천소유는 입술을 씹었다.
　당시 그녀의 속마음을 과연 누가 알까. 누가 짐작이라도 할까.
　사랑했던 사내가 다른 여인의 남편이 되는 모습을 지켜보면서 화를 낼 수도 눈물을 흘릴 수도 없는 상황에서, 그저 방긋방긋 미소만 머금은 채 손뼉 쳐야 했던 그 마음을 그 누가 헤아릴 수 있을까.
　당운보의 말은 계속해서 이어졌다.
　"그때의 장예추와 지금의 장예추가 달라졌다고 생각하시오? 그때의 장예추는 저 몽중인과 흑사자를 해치워서 강호의 칭송을 받던 무림엽사(武林獵師)였고, 지금은 도대체 무슨 짓을 저질렀기에 강호의 공적으로 전락했다는 것이오? 그때나 지금이나 그는 한결같기만 한데, 달라진 건 그저 세상의 여론이 아니오? 그것도 오대가문이 선동하여 만들어진 여론 말이오!"

당운보의 준엄한 목소리가 매섭게 쏟아졌다. 그러자 마치 맞받아치듯 운주담종이 소리쳤다.

"그럼 지금 우리가 선동이나 당하는 몰지각한 자들이란 말이오? 우리의 눈으로 보고 살피고 판단하여 결정을 내리지 못하는, 그저 죽지 못해 노망난 늙은이들이라고 생각하시오?"

그의 말에 노기인들이 웅성거리기 시작했다. 확실히 운주담종의 언변에는 사람들은 선동하고 설득하는 묘한 힘이 실려 있었다.

당운보가 다시 소리쳤다.

"그렇다면 말씀해 보시오! 당문의 사위가 도대체 어떤 악행을 저질렀기에 무림오적의 한 명이 되었는지 말이오!"

운주담종이 맞받아졌다.

"지금껏 수많은 내 형제들, 동료들, 지인들과 동도들을 죽였소! 지금도 그렇소. 이 상황을 보면 알 것 아니오?"

"그건 여러분이 그를 죽이고자 했기 때문이 아니오? 자신을 죽이려는 이들을 상대로 어떻게든 살아남기 위해 발버둥 치는 게 무림의 공적이라면, 지금 우리들 중 무림의 공적이 아닌 자가 어디 있단 말이오!"

"그렇다고……."

"무엇보다 그건 여러분이 그를 무림공적으로 규정한

다음에 일어난 일이 아니오? 내 질문은, 도대체 무슨 일로, 어떤 사유로 그가 무림공적이 되었는지! 바로 그 사유를 밝혀 달라는 말이오!"

당운보가 맹렬하게 외쳤다.

놀랍게도 말재간만으로 사람들의 존경과 추앙을 받던 운주담종조차 침묵하고 말았다. 그는 장예추가 왜 무림공적이 되었는지 정확하게 알지 못했기 때문이었다.

운주담종은 주위를 둘러보았다. 누군가 그 사유에 대해서 알고 있는 자의 도움을 받으려는 것이었다.

하지만 이곳에 모인 백여 명의 노기인 중 어느 한 명도 입을 열지 않았다.

당연한 일이었다.

그들 역시 장예추 한 명만을 꼭 집어 말한다면, 도대체 왜 그가 무림공적이며 또 무림오적 중 한 명이 되었는지 전혀 알지 못했으니까.

묘한 침묵이 서늘한 긴장감으로 뒤덮인 공터 주변으로 퍼져 나갔다.

사람들 모두 당운보의 말을 인정하기는 싫지만 마땅히 대꾸할 말이 떠오르지 않았다. 물론 그렇다고 해서 노기인들의 생각이 바뀐 건 절대 아니었다.

애당초 그들 정도의 나이가 되면 절대 쉽게 마음을 바꾸지 못하고, 고쳐 생각하지 못하는 법이다.

대장의 오른팔 〈183〉

쓸데없는 고집은 곧 연륜과 노회함의 증거가 되며, 그 고집을 꺾는 순간 자신이 살아온 모든 세월을 부정하게 되는 것처럼 생각한다.

그래서 마음속 깊은 어딘가에서는 자신이 틀렸다고, 상대의 말이 옳다고 생각하면서도 입술 쭈욱 내민 채 끝까지 고개를 젓고 부인할 수밖에 없었다.

그것이 자신들이 살아온 흔적을 보존하고 지키는 것이라고 생각하니까. 그것이 자신들의 체면과 긍지와 명성을 지키는 유일한 방법이라고 여기니까.

그리고 바로 그 점이야말로 이 주변을 가득 메운 늙은 이들의 본질이며 기질이며 관성이었다.

그때였다.

가만히 듣기만 하고 있던 천소유가 입을 열었다. 당운보와 비교하여 상대적으로 부드럽고 차분한 목소리였다.

"만약 장예추가 무림의 공적으로 규정된 게 불만이었고, 또 이해가 되지 않으셨다면 바로 그때 사천당문 측에서 태극천맹에게로 사람을 보내셨어야죠. 무슨 사유로 공적이 되었는지도 알아보고 또 항의도 하고, 그래서 재심할 수 있도록 모든 방법을 강구하셨어야죠."

그녀의 부드럽고 달콤한 말에 주변 분위기가 한껏 녹아들기 시작했다.

"그런데 그때는 가만히 계시다가 이제 와서 사유가 어

떻고, 과거의 그와 지금의 그가 어떻다 하는 건 그저 핑계에 지나지 않아요."

그녀의 말에 다시 노기인들의 눈빛이 반짝였다.

"그렇지. 그때는 왜 가만히 있다가 이제 와서 헛소리하는 거야?"

"자신들이 때를 놓쳐 놓고서 왜 우리에게 성을 내는 건지 모르겠군그래."

노기인들이 중얼거리는 소리가 당운보와 천소유 모두에게 똑똑히 들려왔다. 어느새 판도는 한쪽으로 기울고 있었다.

천소유의 말이 계속해서 이어졌다.

"천하의 사천당문이 겨우 그 정도밖에 안 되는 건 아니잖아요? 보다 더 현명하고 조심스럽고 세심하게 일을 처리할 수 있지 않았겠어요? 아직도 불만이 있다면 태극천맹으로 공식적인 서한을 보내서 따지고 항의하세요."

노기인들이 고개를 끄덕이며 맞장구를 쳤다.

"그래야지. 그게 제대로 된 성인들이 할 일이지."

"그렇지. 이렇게 어깃장을 놓는 건 절대 무림 명문가에서 할 일이 아니니까."

천소유가 계속 말했다.

"하지만 지금 이건 아니에요. 지금 저들은 엄연히 무림의 공적이고 우리는 무림의 법규와 관습에 따라, 정의 구현의 기치 아래 저들에게 벌을 내리는 중이에요."

천소유의 기나긴 이야기가 진행되는 동안 노기인들의 눈빛이 조금씩 달라졌다.

그랬다. 그들은 지금 척마멸사(拓魔滅邪)라는 대의를 수호하기 위해서, 이 세상에서 반드시 사라져야 하는 악마들과 싸우는 중이었다.

당운보의 감언이설에 홀린 까닭에 잠시 잊고 있었던 그 뜨거운 결의와 각오가 새삼스레 그들의 가슴속에서 불을 지피기 시작했다.

천소유는 잠시 말을 끊고 호흡을 조절한 다음, 지금까지와는 달리 조금 더 강력하고 힘찬 목소리로 소리쳤다.

"만약 그걸 끝까지 방해하겠다면…… 아무리 신주오대세가의 사천당문이라 할지라도 용서하지 않겠어요! 반드시 이 상황을 상부에 보고하여 사천당문 또한 무림의 공적이 되도록 만들 것입니다!"

그녀의 힘이 실린 목소리에 노기인들이 일제히 함성을 터뜨리고 고함을 내질렀다.

그들은 마치 젊은 시절로 돌아간 듯, 혹은 정사대전 당시 그 치열한 전장으로 돌아온 것처럼 두 눈에는 생기가 가득 찼고, 반드시 적을 죽이겠다는 집념과 결의로 빛났다.

그들의 전신에서 뿜어져 나오는 뜨거운 열기가 가득이

나 무더운 한여름의 대낮을 후끈 달아오르게 만들고 있었다.

"이런."

당운보는 혀를 차며 빙혼마고를 돌아보았다.

"이제 어찌해야 하오?"

"잘하셨어요. 그리고 걱정하지 않아도 돼요. 그러니까 이제부터는……."

빙혼마고는 방긋 웃으며 마치 풀이 죽은 남편을 달래듯이 부드럽게 말했다.

"내 조카들에게 맡기면 된답니다."

7장.
# 가장 쉽고 간단한 방법

그래도 나름대로 그녀들의 사고방식에 대해서
조금이나마 알고 이해할 수 있다고 생각하던 그였지만,
정작 아무것도 알지 못하고 손톱만큼도 이해하지 못했던 것이었다.
대신 당운보는 어쩌면 자신과 빙혼마고들과의 사이에는
영원히 극복할 수 없는 간극(間隙)이
벌어져 있을지도 모른다는 생각이 들었다.

### 가장 쉽고 간단한 방법

1. 이 자리에서 죽일 것이오

'아아, 이미 선입견에 물든 저들을 설득하는 건 역시 무리인가 보구나.'

당운보는 살짝 침울한 표정을 지었다.

자신이 열과 성의를 다해서 진실을 말하면 그래도 냉정하게 듣고 제대로 판단할 줄 알았다.

물론 젊은이들을 설득하는 것보다 나이 든 이들을 설득하는 게 훨씬 더 어렵다는 건 이미 가문의 존장들을 대하며 익히 잘 알고 있는 사실이었다.

하지만 어쨌거나 저들은 무림의 명숙이 아니었던가. 노회한 경륜과 경험을 바탕으로 매사 정정당당하고 올바른 판단과 결정을 함으로써 뭇 강호 무림인들의 존경을 받는 자들이 아니었던가.

게다가 당운보가 익히 잘 알고 있는 천소유도 있었다. 사천당문과 천소유는 꽤 오래전부터 인연이 있었다. 또 그런 인연이 있기에 조금 전만 하더라도 천소유가 당운보를 향해 사숙(四叔)이라는 친근한 호칭으로 부르지 않았던가.

그러나 결국 그런 그의 기대는 송두리째 무너졌다.

애당초 무림의 명숙도, 강호의 노기인도 그의 가문 존장들과 전혀 다를 바가 없었다. 외골수에다가 고집쟁이이며 자존심과 체면이 꺾이는 일은 죽어도 하지 않는 게 그들이었다.

게다가 천소유는 건곤가의 여식이었다. 건곤가야말로 지금 이 무림의 혼란을 야기하고 또 장예추들을 무림오적으로 규정한 본 원(本原)이었다.

빙혼마고는 그런 당운보의 상심을 이해한다는 듯이 다독거리며 말했다.

"당신은 최선을 다했어요. 그러니까 이제 우리 조카들에게 맡기세요. 그들이 어련히 알아서 잘 해낼 거니까요."

빙혼마고의 말에 당운보는 약간의 희망과 기대를 하게 되었다.

비록 자신은 설득하지 못했지만 정론을 바탕으로 사람

들의 입을 다물게 만드는 강만리라면, 현란한 말재주로 사람들의 혼을 빼놓는 화군악이라면 분명 저 앞뒤 꽉 막힌 노인네들을 설득할 수 있을 것이다.

당운보는 그렇게 생각하면서 강만리를 돌아보았다.

아니나 다를까.

기다렸다는 듯이 강만리가 앞으로 걸어 나왔다. 당운보는 과연 그가 어떤 방식으로 저 백도의 노기인들의 기를 죽이고 입을 열지 못하게 만들까, 호기심 가득 담긴 눈빛으로 지켜보았다.

강만리는 느긋하고 여유 넘치는 눈빛으로 뭇 노기인들을 둘러보았다. 노기인들은 강만리를 잡아먹을 듯한 눈빛으로 노려보았다.

강만리가 문득 빙긋 미소를 지으며 입을 열었다.

"나는 생각보다 마음이 넓은 편이니 다들 유언을 작성할 시간을 주겠소. 아, 일각 이상은 안 되오. 우리도 바쁜 몸이니 말이오."

노기인들보다 당운보의 눈이 먼저 휘둥그레졌다.

'아니, 어떻게 설득하려고 저런 식으로 서두를 꺼내는 거지?'

역시 그 깊이를 알 수 없는 인물이었다. 사람을 설득하고 이해하게 만드는 화술의 방법에도 여러 가지가 있구나, 하는 생각이 당운보의 뇌리를 스치고 지나갔다.

그때 노기인들 중 몇몇이 코웃음을 치며 강만리를 향해 소리쳤다.

"유언이라니! 그건 외려 네놈들이 써야 하는 게 아니냐?"

"아, 우리는 당연히 써 두었소. 무림을 위해, 나라를 위해 출정하던 그 순간, 저 제갈량의 출사표(出師表)까지는 아니더라도 우리의 그 비장한 마음과 결의를 담아서 혈서로 만들어 두었소."

강만리는 품을 뒤적거렸다.

노기인들은 행여 그가 암기나 폭약을 꺼낼까 봐 잔뜩 경계하며 지켜보았다. 그러나 강만리의 품에서 나온 건 한 장의 혈판서(血判書), 피로 적은 누군가의 이름과 손도장이 커다란 원을 그리며 적혀 있었다.

안력 뛰어난 노기인들이 그 혈판서에 올린 이름들을 확인하려는 순간, 강만리는 굳이 그럴 필요 없다는 듯이 스스로 그 이름들을 하나씩 읊기 시작했다.

"화평장 전원의 뜻을 담아 강만리가 적다. 소림사 전원의 의지를 담아 공허가 쓰다. 무당파를 대표하여 현검이 이름을 올리다. 사천당문의 운학이 이름을 올리다."

거기까지 읽은 강만리는 오연한 눈빛으로 노기인들을 쓸어 보았다. 강만리의 이름을 제외한다면 이름 하나하나가 곧 무림을 대표하는 이들이었다.

노기인들은 말을 잃었다.

도저히 믿을 수가 없었던 몇몇 안력 깊은 자들이 강만리 몰래 혈판서에 적힌 이름과 손도장을 확인했지만, 확실히 그 혈판서에는 강만리가 읊은 이들의 이름이 적혀 있었다.

당운보는 내심 감탄했다.

'구파일방과 신주오대세가의 밀약을 내세워서 저 노인네들을 설득하려는 것이었구나.'

하지만 다음 순간 당운보는 크게 걱정했다.

'그러나 만에 하나 저들이 설득당하지 않는다면…… 그때는 괜히 밀약의 증거만 고스란히 보여 준 꼴이 되지 않을까?'

아무래도 강만리의 처사가 섣부르다 싶었다.

마침 그때 강만리가 그 혈판서를 소중하게 품에 넣으며 다시 입을 열었다.

"두 손으로 눈을 가리고, 귀를 막아서 사실을 보려 하지 않고 진실을 듣지 않으려 하는 자들에게 이 종잇조각 한 장이 무슨 소용이 있겠소? 단지 우리가 하고자 하는, 그리고 지금 하려는 일이 하늘을 우러러 한 점 부끄러움 없는 일이라는 걸 그대들에게 말해 주고 싶었을 따름이오."

강만리의 목소리는 느릿하고 나직했지만 한마디, 한마디마다 굴강(屈强)한 힘이 실려 있어서 듣는 이들의 가슴 깊숙한 곳까지 메아리쳤다.

그렇게 말을 끝낸 강만리를 보며 당운보는 다시 한번 감탄했다.

'처음에는 위협을 하는가 싶더니 그다음에는 혈판서를 들어 보임으로써 사람들을 혼란하게 만들고, 다시 그 뒤를 이어 나야말로 정도(正道)의 길을 걷고 있다는 사실을 밝히다니……'

확실히 강만리의 언행은 일반 사람들이 전혀 예상할 수 없는 행로로 이어지고 있었다.

당운보는 계속해서 속으로 중얼거렸다.

'모르기는 몰라도 저 고집스러운 노인네들 모두 내심 크게 당황하고 있을 게 분명하다. 지금껏 자신들이 믿고 있었던 게 실은 가짜고 거짓일지도 모른다는 두려움이 밀려들고 있겠지. 이제 마지막 결정타 한 방을 날리겠구나.'

당운보는 그렇게 내심 큰 기대를 하면서 강만리를 바라보았다. 아니나 다를까. 강만리는 근엄한 표정을 지은 채 서릿발 같은 기개를 뿜어내며 입을 열었다.

"그러니 그대들 모두를!"

그러고는 강만리의 입에서 냉혹한 말이 이어졌다.

"이 자리에서 죽일 것이오!"

노기인들을 설득할 수 있게 되었다는 희망에 두 눈을 반짝이며 지켜보고 있던 당운보의 입에서 깜짝 놀란 듯한, 마치 비명과도 같은 소리가 저도 모르게 터져 나왔다.

"그게 무슨 소리야?"

그 의문은 아마도 노기인들 역시 마찬가지였을 터였다. 그러나 노기인들은 당운보처럼 놀라서 의문의 일성을 터뜨리진 않았다. 아니, 터뜨릴 수가 없었다. 지금 그들의 입에서는 단말마의 비명이 터져 나왔으니까.

"헉!"

"으악!"

순식간에 대여섯 명의 노기인이 신음과 비명과 탄식을 터뜨리며 그 자리에 쓰러졌다. 놀란 노기인들은 뒤늦게 몸을 낮추거나 뒤로 물러서는 등 급박하게 방어 자세를 취하며 사방을 둘러보았다.

범인은, 순간적인 기습으로 대여섯 명의 노기인을 쓰러뜨린 범인은 다름 아닌 화군악과 장예추였다.

화군악이 쏘아대는 무형의 지풍과 장예추의 손목에서 발출한 두 개의 강환은 마치 강만리의 말이 끝나기를 기다렸다는 듯이 허공을 매섭게 휘저으며 노기인들의 목을 뚫고 베며 날아다녔다.

화군악의 손가락은 쉴 새 없이 노기인들을 가리켰다. 그렇게 한 명, 한 명 가리킬 때마다 그의 손가락 끝에서는 태극회선류의 영향을 받은 월령일섬지의 지풍이 쉬지 않고 뿜어져 나왔다.

월령일섬지는 달빛의 혼령처럼 투명하면서도 빠르게 쏘아지는 쾌섬(快閃)의 지풍이었다.

반면 태극회선류는 회선풍(回旋風)처럼 휘돌며 이리저리 방향을 바꿔 움직이는 수법, 그 영향을 받은 월령일섬지는 놀랍게도 섬전처럼 빠른 속도로 쏘아졌다가 다시 초승달처럼 허공을 선회하며 또 다른 노기인들을 공격하고 있었다.

장예추의 쌍환(双環) 또한 예전과 크게 달라진 모습이었다. 한때는 불타오르는 듯한 강환과 얼음장처럼 차가운 강환의 형태로 허공을 누볐다면, 지금은 아예 눈에 보이지 않을 정도의 투명한 강환이 되어 소리 없이 허공을 날아다니며 노기인들의 목을 긋고 있었다.


2. 극복할 수 없는 간극(間隙)

그럼에도 불구하고 성에 차지 않다는 듯이 화군악이 짜증을 내며 투덜거렸다.

"젠장! 이 기습으로 열 명은 죽일 줄 알았더니!"

장예추는 묵묵부답, 오직 두 개의 강환으로 좀 더 많은 노기인들을 공격하는 데 여념이 없었다.

"놈들을 죽여라!"

"역시 무림오적이다! 겉으로는 화해하는 척 손을 내밀더니 이런 암수를 준비하고 있었구나!"

노기인들은 뒤늦게 부르짖으며 칼을 휘두르고 검을 내질렀다. 노기인들이 엇박자로 휘두르는 쌍장에서는 가공할 장력이 뿜어져 나왔으며, 그들의 손가락에서는 화군악의 그것에 버금가는 지풍이 쏟아졌다.

쾅! 쾅쾅! 콰아앙!

마치 연달아 폭약이 터지는 듯한 굉음이 일었다. 산천초목이 우르르 떨었다. 빗나간 장력에 격중당한 아름드리나무가 우지끈 소리를 내며 부러졌다.

감당할 수 없는 파괴력을 지닌 장력이 지면을 강타할 때마다 펑! 펑! 소리와 함께 흙과 돌이 십여 장 높이까지 솟구쳤다가 폭죽처럼 사방으로 흩어졌다.

"왜, 왜……."

순식간에 아수라장으로 변한 격전지를 지켜보며 당운보가 말을 더듬거렸다. 당황, 혼란, 의문이 그의 머릿속을 지배하고 있었다.

그때였다.

"우리는 안전한 곳으로 이동하죠."

빙혼마고가 그의 팔을 잡아 이끌며 자리를 옮겼다. 그러고는 활짝 웃으며 남편을 향해 이렇게 말했다.

"어때요? 조카들에게 맡기니까 훨씬 더 간단한 해결 방법을 내놓잖아요?"

"이, 이게 훨씬 더 간단한 해결 방법이라고 하셨소?"

"그럼요. 모두 다 죽이는 것보다 쉽고 간단한 방법이 또 어디 있겠어요?"

빙혼마고의 말에 당운보는 입을 쩍 벌렸다.

그래도 나름대로 그녀들의 사고방식에 대해서 조금이나마 알고 이해할 수 있다고 생각하던 그였지만, 정작 아무것도 알지 못하고 손톱만큼도 이해하지 못했던 것이었다.

대신 당운보는 어쩌면 자신과 빙혼마고들과의 사이에는 영원히 극복할 수 없는 간극(間隙)이 벌어져 있을지도 모른다는 생각이 들었다.

'당연한 것인지도.'

당운보는 내심 생각했다.

'태어나서 지금껏 살아오는 동안 듣고 보고 배우며 자란 모든 게 서로 상극에 가까운데 겨우 몇 개월, 몇 년 만나서 이야기 좀 나눴다고 그 간극이 메워질 리가 없겠지.'

그렇게 속으로 중얼거리던 당운보는 퍼뜩 정신을 차리며 빙혼마고에게 물었다.

"그런데 조금 전 저 백도의 노기인들을 모두 죽인다고 하셨소?"

"네. 그렇게 말했지요."

빙혼마고는 새신부처럼 방긋 웃으며 조신하게 대답했다. 그러자 당운보는 어이가 없다는 표정으로 말했다.

"아니, 아무리 그래도 이쪽은 열 명이 채 되지 않소. 아니지. 아예 지금 저들과 싸우는 이는 불과 세 사람뿐이 아니오? 그런데 백 명이 넘는 노기인을 몰살시키고, 또 백 명 가까운 복면인들까지 모두 없앨 수 있단 말이오?"

아닌 게 아니라 지금 전력을 다해 노기인들과 싸우고 있는 자는 화군악, 장예추 그리고 강만리가 전부였다.

담호와 담우천은 야래향과 함께 빙혼마고, 당운보처럼 안전한 곳으로 이동한 상태였다. 또한 당운보의 시종과 석정 역시 구석진 곳으로 피신한 채 격전을 지켜보고 있었다.

이런 상황에서 상대를 몰살시키겠다니. 그건 누가 보더라도 있을 수 없는 일이었다.

게다가 싸움 양상도 처음과는 사뭇 달라져 있었다. 장예추와 화군악의 기습으로 선기를 잡았던 초반과는 달리, 백여 명의 노기인이 정신을 차리고 역습을 시작하는 그 순간부터 상황은 정반대로 바뀌었다.

노기인들은 능숙하고 자연스럽게 조를 짜서 강만리 일행을 상대하기 시작했다.

몇몇 이들이 날아드는 지풍과 장력과 쌍환을 막는 동안

다른 이들은 강만리와 화군악과 장예추에게 맹폭(猛爆)을 가했다.

결국 몇 수 지나지도 않아서 장예추와 화군악은 검을 꺼내 들어야만 했고, 강만리 또한 야우린을 꺼내 근접 거리에서 공격을 퍼붓는 노기인들을 막아야만 했다.

그렇게 한 번 수세에 몰리게 되자 노기인들의 파상공세는 더더욱 강력해졌다. 쉴 새 없이 파도가 휘몰아치듯이 노기인들의 공격이 연달아 이어졌다.

게다가 아직 저들에게는 비선의 사자를 비롯한 무인들이 남아서 호시탐탐 기회를 엿보고 있었다. 그 와중에도 계속 당운보와 빙혼마고, 야래향 쪽을 힐끗거리는 것이 아무래도 그들의 합세를 경계하는 것 같았다.

하지만 그렇다고 마냥 그대로 놔둘 수는 없었다. 당운보는 수세에 빠진 강만리 일행을 보면서 다급한 표정을 지었다.

"아무래도 상황이 매우 나쁘게 돌아가는 것 같은데 우리도 도와야 하지 않겠소?"

당운보는 격전지에서 시선을 떼지 않은 채 초조한 목소리로 물었다.

"괜찮아요."

빙혼마고는 미소를 지으며 대답했다.

그러나 기분 탓이었을까. 그녀의 입가에 걸린 미소는

조금 전과 달리 상당히 건조하고 인공적인 것처럼 느껴졌다.

그때였다.

강만리 일행을 포위하며 공격하던 노기인들 중 두 명이 느닷없이 방향을 틀더니 빙혼마고에게로 몸을 날리며 칼을 휘둘렀다.

"죽어라, 마고!"

두 명의 노기인은 마치 불공대천(不共戴天)의 원수를 대하듯, 살의 가득 담긴 고함을 내지르며 빙혼마고에게 자신들의 절기를 펼쳤다.

꽈르릉!

두 사람의 칼에서 새파란 검기가 번뜩이더니 이내 요란한 굉음과 함께 수십 가닥으로 뻗어 나가는 번개처럼 빙혼마고를 덮쳐 갔다.

너무나도 의외의, 그리고 눈 깜짝할 사이에 벌어진 기습이었다.

하지만 빙혼마고의 표정은 너무나도 태연했다.

"어딜!"

그녀는 마치 기다리고 있었다는 듯이 보법을 밟아 그들의 공세에서 벗어나나 싶더니, 이내 다시 방향을 틀어 그들의 앞으로 뛰어들었다.

그녀의 아름다운 옷자락이 펄럭이며 나부끼는 순간, 순

식간에 서로의 얼굴이 부딪칠 정도로 거리가 가까워졌다. 바로 그때 빙혼마고는 기묘하게 손을 휘저으며 두 노인의 어깻죽지를 내리찍었다.

그녀의 소맷자락에서 달콤한 향기가 피어오르면서 순식간에 반 자 길이로 늘어난 그녀의 뾰족하고 새파란 손톱이 두 노인의 어깨를 갈기갈기 찢어 놓는 것 같았다.

그러나 노인들 또한 절대 평범한 고수가 아니었다.

"빌어먹을 년!"

"내가 그 수법을 잊어버렸을 줄 아느냐?"

노인들은 악을 쓰며 어깨를 틀며 한 걸음씩 물러났다. 빙혼마고는 졸지에 두 노인의 가운데로 뛰어든 형국이 되었다. 노인들의 눈빛이 예리하게 빛났다.

그야말로 절호의 기회였던 것이었다. 그녀의 영 옆구리를 향해 전력을 다해 일격을 날릴 수 있는.

"크윽!"

"헉."

하지만 바로 다음 순간, 두 노인의 입에서는 절망의 탄식과 신음이 터져 나왔다. 동시에 그들의 코와 입에서는 새까만 독혈(毒血)이 울컥! 하고 튀어나왔다.

어느새, 자신들도 모르는 사이에 두 노인은 극독에 중독되고 만 것이었다.

노인들은 반사적으로 고개를 돌려 당운보를 노려보았

다. 마침 당운보는 서릿발처럼 번뜩이는 안광으로 두 노인을 노려보고 있었다. 시선이 마주치는 순간, 당운보의 입에서 쩌렁쩌렁한 목소리가 흘러나왔다.

"어디서 감히 내 내자에게 함부로 욕을 퍼붓는 것이오? 그나마 시신이라도 곱게 남겨 주는 것이니 고마운 줄 아시오!"

노인들의 얼굴이 금세 새까맣게 변했다. 혈관이 지렁이처럼 꿈틀거리며 피부 위로 불거져 나왔다.

"아, 악독한 놈……."

"천하의 요물을…… 아내로 삼다니……. 내, 지옥에 가서도 네 연놈들을 용서하지 않을……."

노인들은 눈동자가 썩어 들어가 툭! 하고 지면으로 떨어지는 순간까지도 당운보와 빙혼마고에게 저주를 퍼부었다.

하지만 결국 백도의 명망 높은 도룡산인(屠龍散人)과 구룡참도(九龍斬刀)는 더는 아무것도 하지 못한 채 그렇게 목숨을 잃고 말았다.

'여전히 멍청하고 어리석은 늙은이들이구나.'

빙혼마고는 두 구의 늙은이를 내려다보며 내심 중얼거렸다.

'제자들 몇 명 잡아먹었다고 해서 아직까지 내게 원한을 품다니……. 그렇게 나를 원망할 바에는 차라리 내 미

모에 이성을 잃고 사문을 배신했던 제자들을 원망해야 하는 게 아니냔 말이지.'

그녀의 상념은 거기까지였다.

"몇 번이나 봤지만 정말 대단한 독이라니까요."

어느새 당운보의 곁으로 돌아온 빙혼마고가 새삼 감탄하며 말했다.

"게다가 그렇게 소리 소문도 없이 하독하는 건 도대체 어떤 수법일까요?"

당운보가 어깨를 으쓱이며 말했다.

"괜히 내가 독종주이겠소? 최소한 독에 관해서는 당문에서도 나보다 뛰어난 이가 없다오."

당연한 일이었다.

사천당문의 독종주는 독에 관한 한 천하제일인이었다. 강호에는 나름대로 독을 다루는 문회방파가 여럿 있지만, 그 누구도 사천당문의 독종주 앞에서는 감히 고개를 뻣뻣하게 쳐들지 못했다.

게다가 당운보는 역대 독종주 중에서도 손꼽히는 천재였으며, 그는 사천당문의 모든 독에 정통했다.

그러니 아내를 보호하기 위해서, 그녀의 안전을 지키기 위해서 그녀의 옷자락과 소맷자락 주변에 몰래 흑화절명향(黑花絕命香)의 가루를 뿌려 두는 것 정도는 눈감고도 할 수 있는 평범한 일이었다.

흑화절명향은 꽃가루와 같아서 한 번 몸을 크게 움직이거나 소맷자락을 휘날리면 사방으로 흩어져 주변에 있던 이들의 코와 입으로 빨려 들어갔다.

미리 해독약을 복용하지 않은 상태에서 그 흑화절명향을 들이마시는 날에는 불과 한 호흡도 끝나기 전에 검은 피를 토하게 되고 혈관이 팽창하여 그대로 목숨을 잃고 마는, 극독 중의 극독이 바로 흑화절명향이었다.

동시에 흑화절명향은 당운보가 독종주 자리에 머무를 때 만들었던 다섯 가지 극독 중 하나이기도 했다.


3. 비밀(秘密) 병기(兵器)

"그러니 걱정하지 마시오. 다른 건 몰라도 내 아내의 안전 하나만큼은 확실히 지킬 힘이 있다오."

당운보가 말했다.

빙혼마고는 살짝 쑥스러운 표정을 지으면서도 자신만만하게 말하는 자신의 남편을 바라보며 싱긋 웃었다.

"그래요. 바로 그거예요."

빙혼마고는 살짝 시선을 돌려, 급격하게 상황이 나빠진 강만리 일행의 상태를 확인하며 말을 이었다.

"우리는 그저 지금처럼 우리의 안위만 생각하면 돼요.

조카들에게 괜한 걱정 끼치지 않는 게 최선이니까요."

당운보가 살짝 눈살을 찌푸렸다.

"하지만 그러기에는 상황이 너무……."

"걱정하지 마세요. 그래도 아직은 견딜 만할 테니까요. 만약 도저히 자신들만의 힘으로 어쩔 수 없는 상황이 된다면 반드시 우리에게 도움을 청할 거예요. 도와줘도 그때 도와주면 되는 거죠. 원래 빚은 그렇게 만들어 두는 거니까요."

"아니, 잠깐만."

당운보가 빙혼마고의 말을 제지했다.

"빚이라니요? 가족 간에 무슨 빚이 있고, 은혜가 있다는 것이오? 아니, 무엇보다 어찌 가족끼리 빚을 만들어 둘 수 있단 말이오?"

"흐음. 역시……."

빙혼마고는 당운보를 더없이 사랑스러워서 견딜 수가 없다는 듯한 눈빛으로 바라보면서 말했다.

"구구절절 당신이 말하는 건 정도(正道)에서 벗어나는 게 없다니까요. 알아요. 맞아요. 당신이 살아온 세계에서는 그게 올바른 거고, 그게 당연한 거겠죠. 그러나 우리들은 그렇게 살아오지 않았어요. 또 저 아이들 또한 당연히 나와 같은 생각을 하고 있을 거예요. 그러니까……."

"아니, 이번에는 당신이 틀렸소."

당운보는 단호한 어조로 빙혼마고의 말을 잘랐다.

"내 지금껏 당신에게 맞춰 가며 모든 걸 이해하며 양보하고자 했지만, 지금은 그게 아닌 것 같소. 누가 뭐래도 가족 사이에는 빚이나 은혜라는 말 따위 전혀 필요가 없다고 생각하니까."

"하지만……."

"그리고 또 하나!"

당운보는 재차 빙혼마고의 말을 자르며 계속해서 자신의 말을 이어 나갔다.

"내가 가족이 된 이상, 화평장의 가족 관계를 새롭게 정립할 것이오. 그리고 지금 바로 이 순간이 그 첫걸음이 될 것이오!"

당운보는 말을 마치자마자 곧바로 몸을 날려 격전지의 중앙으로 날아들었다.

포위망을 형성한 채 강만리 일행을 공격하던 노기인들이 반사적으로 장력을 날리고 검기를 뿌렸지만, 당운보는 그것들이 닿을 수 없는 높이의 허공을 날아서 강만리들에게 날아갔다.

누군가 등 뒤에서 날아드는 기척에 강만리가 반사적으로 야우린을 후려치려 했다가, 일순 당운보임을 알아차리고는 서둘러 야우린을 거둬들였다. 그리고 동시에 맞은편의 노기인을 후려갈기며 소리쳤다.

가장 쉽고 간단한 방법 〈209〉

"도와주지 않으셔도 됩니다만!"

격전지 한복판에 뛰어내린 당운보는 곧장 강만리와 등을 맞대며 대답했다.

"내 가족이 위험에 처했는데 어찌 돕지 않을 수가 있겠는가!"

당운보의 손에서 검고 탁한 기류가 흘러나오더니 이내 사방으로 퍼졌다. 조금 전 도룡산인과 구룡참도가 중독당하자마자 목숨을 잃는 광경을 본 몇몇 노기인들이 대경실색하여 부르짖었다.

"독이다!"

"모두 피하시오!"

순간 노기인들은 검고 탁한 기류를 피해 사방으로 흩어졌다. 마치 독장(毒瘴)처럼 퍼진 그 기류를 따라 길이 열렸다. 도주로였다.

"모두 이곳으로!"

당운보가 소리쳤다. 강만리가 이내 난색을 취했다.

"하지만 독장이 깔려 있지 않습니까?"

"사실 독이 아니네."

당운보가 낮은 목소리로 소곤거렸다. 등을 맞대고 있던 강만리의 눈이 휘둥그레졌다. 당운보는 주위의 노기인들을 살피며 계속해서 속삭이듯 말했다.

"몇 가지 약물과 약재를 혼합하며 만든 눈속임일 뿐일

세. 잠깐 호흡을 멈춘다면 아무 일도 없이 지나갈 수 있다네."

"그렇다면……."

강만리는 곧바로 검은빛으로 내려앉은 독장의 기류를 따라 내달렸다. 마치 검은 안개와도 같은 기류가 순식간에 그를 덮쳤다가 다시 흩어졌다. 바로 눈앞에서 빙혼마고가 그를 반겼다.

"어서 오게."

장예추와 화군악도 황급히 강만리를 따라 그 검은 안개를 뚫고 달렸다. 당운보가 마지막으로 안개를 벗어나 빙혼마고의 곁에 이르렀다.

그곳에는 한쪽 구석으로 피신해 있던 야래향과 담우천, 담호까지 모두 모여 있었다.

"놈들이 도주하려 한다!"

"절대 도망치지 못하게 막아야 하오!"

노기인들이 서로 소리치며 새롭게 포위망을 형성하며 그들을 에워쌌다. 당운보가 재차 그 검고 탁한 기류를 뿜어내려 할 찰나였다.

마치 거대한 짐승이 울부짖는 듯한 소리와 함께 건장한 사내 한 명이 갑작스레 나타나 그 포위망을 헤집기 시작했다. 그를 본 강만리가 저도 모르게 놀라 소리쳤다.

"석정!"

노기인들은 흠칫 놀라며 사내, 석정을 향해 강맹한 장력을 날렸다.

펑! 퍼엉!

마치 북을 두드리는 듯한 굉음이 석정의 몸에서 연달아 일었다.

"안 돼!"

강만리가 부르짖으며 달려가려고 했다.

그러나 다음 순간, 당운보의 손길이 그의 어깨를 낚아챘다. 강만리가 뒤를 돌아보았다. 당운보가 진중한 표정으로 말했다.

"가만히 지켜보시게."

강만리는 영문을 모르겠다는 얼굴로 당운보를 바라보다가 다시 시선을 돌렸다. 석정은 노기인들로부터 그야말로 동네북처럼 연신 얻어맞으며 비틀거리고 있었다.

강만리의 온몸이 움찔거렸다. 저대로 죽도록 가만히 놔둘 수는 없었다.

"음?"

하지만 강만리의 표정이 한순간 기묘하게 변했다.

석정의 모습은 금방이라도 사지(四肢)가 갈기갈기 찢어져서 처참한 몰골의 시신으로 변할 것만 같아 보였으나, 의외로 끈질기게 버티고 있었다.

아니, 보다 더 정확하게 말하자면 노기인들의 그 강맹

한 장력이 몸을 강타할 때마다 충격을 받은 듯 그 순간만 비틀거리는 게 전부였다.

마치 두꺼운 갑옷을 입고 있는 듯, 혹은 장력의 충격이 신체 내부로까지는 전달되지 않는 듯 석정은 한순간 비틀거렸다가 다시 우뚝 선 채 앞으로 걸어 나가며 노기인들의 포위망을 쑥대밭으로 만들고 있는 것이었다.

"도, 도대체……."

강만리의 목소리가 절로 떨리고 있었다.

"석정에게 무슨 일이 있었던 겁니까?"

"뭐라고 말해야 하나?"

당운보는 제 생각이 맞았다는 듯 자신감 넘치는 표정을 지으며 말했다.

"그래, 굳이 표현하자면 비밀 병기라고 할 수 있겠군. 우리 당가타에서 지난 수년 동안 백만금(百萬金)의 약물과 인원을 동원하여 이뤄 낸 비밀 병기 말이네."

"비, 비밀 병기라고요, 석정이?"

강만리는 더없이 크게 뜬 눈으로 석정을 바라보며 말을 더듬거렸다.

이때 석정은 노기인들을 향해 투박하고 무식할 정도로 우직하게 다가가고 있었다.

석정의 강인한 체력과 엄청난 방어력에 놀란 노기인들이 '그렇다면!' 하듯이 칼을 휘두르고 검을 내질러 석정의 몸을 베고 찔러 갔다.

하지만 베이는 것 옷자락뿐이었고, 찔려서 구멍이 나는 것 역시 옷자락뿐이었다. 석정의 피부는 강철처럼 단단해서 저 불세출의 노기인들이 전력을 다해 휘두르는 검과 칼에도 아무런 상처를 입지 않았다.

외려 석정은 그 투박하고 우직한 몸놀림으로 손을 뻗어 노기인들의 팔목을 낚아챘다.

그의 커다란 손아귀에 잡히자마자 노인들의 팔목은 그대로 우지끈! 소리가 나며 산산이 부서졌다. 믿어지지 않을 정도로 가공할 힘이었다.

그뿐만이 아니었다. 그가 낚아채려다가 실패한 노기인들의 손과 팔뚝에는 손톱으로 긁은 자국이 남아 있었는데, 순식간에 그 부위가 새까맣게 변하더니 상처 부위에서는 검은 피가 부글부글 끓어오르며 흘러내렸다.

놀란 노기인들이 부르짖었다.

"독이다!"

"독인이오! 놈은 금강불괴(金剛不壞)와 같은 몸을 지녔소! 손톱에는 강시독(殭屍毒)보다 더한 극독이 있으니 다들 조심하시오!"

눈썰미가 뛰어난 몇몇 노기인들이 단번에 석정의 몸 상태를 알아차리고는 그렇게 경고하듯 소리쳤다.

노기인들은 황급히 사방팔방으로 몸을 날리며 석정에

게서 거리를 벌리려 했다.

 그러나 석정의 몸놀림은 의외로 빨랐다. 그가 저돌적으로 돌진하는 걸 미처 피하지 못한 몇몇 노기인들이 단말마의 비명을 내질렀다.

 강만리의 눈빛이 다시 반짝였다.

 "지금이 기회입니다!"

 그는 당운보와 빙혼마고, 야래향을 돌아보며 말했다.

 "죄송하지만 저들을 몰살시킬 수 있도록 힘을 빌려주십시오!"

 빙혼마고가 '어떠냐?'는 눈빛으로 당운보를 쳐다보았다. 당운보는 내심 한숨을 내쉬면서 고개를 끄덕였다.

 "어쩔 수 없지. 일이 이리된 이상 인륜을 저버리는 한이 있더라도 예서 살계(殺戒)를 열 수밖에."

 당운보는 말을 마치자마자 포위망 한쪽으로 크게 도약하며 소리쳤다.

 "나를 용서하시구려!"

 최대한 허공 높이 솟구친 그는 옷소매와 옷자락을 세차게 펄럭거렸다. 일순 그의 소매 끝단과 옷자락 끝단이 터지면서 눈에 보이지도 않을 정도의 작은 무언가가 사방으로 흩뿌려졌다.

 일순 경험 많은 노기인들 몇몇이 크게 부르짖었다.

 "모두 피하시오!"

"사우천사(死雨千死)다! 모두 피하라!"

그들의 절규와 같은 고함이 무천산 어귀 일대에 쩌렁쩌렁 울려 퍼지고 있었다.

### 4. 사우천사(死雨千死)

사우천사는 '천 명을 몰살하는 죽음의 비'라는 말 그대로, 다수의 적을 상대할 때 사용하는 사천당문의 십대암기(十大暗器) 중 하나였다.

모래알처럼 미세하고 수많은 암기가 마치 하늘을 뒤덮은 채 내리는 빗물처럼 쏟아져서 그 하늘 아래에 있던 모든 이들의 목숨을 빼앗아 가는 수법이 곧 사우천사였다.

원래 사우천사는 녹피낭(鹿皮囊)에 담아 두었다가 적이 몰려 있는 곳의 공중으로 던져서 터뜨리는 방식으로 사용했다.

대체로 허공에서 뭔가 터지면 사람들은 본능적으로 고개를 들어서 그게 무엇인지 확인하기 마련인데, 녹피낭에 담겨 있던 사우천사는 그렇게 고개를 든 이들의 얼굴과 눈과 코와 입으로 파고들어 그 독효(毒效)를 발휘했다.

사우천사에 발려 있는 독은 역시 사천당문의 구대절독

(九大絶毒) 중 하나인 용수산(鎔水散)으로, 물에 닿으면 쇠조차 녹인다는 천하의 극독이었다.

사람들의 얼굴에 내려앉은 용수산은 곧 눈물에 의해서, 콧물과 침, 피에 의해서 순식간에 사람들의 피부를 녹이고 근육과 뼈를 녹이는 가공할 위력을 지니고 있었다.

그래서 그 광경을 목격한 사람들은 이런 말로 그 용수산과 사우천사의 공포에 대해서 표현했다.

모여 있지 말라.
쳐다보지도 말라.
그것이 한순간에 천 명의 목숨을 잃지 않는 유일한 방법이니까.

\* \* \*

"아악!"
"내 눈……!"
수십여 명의 노기인이 얼굴을 부여잡고 몸부림을 치며 부르짖었다.

그들은 주위의 경고에도 불구하고 미처 허공 높이 솟구쳤던 당운보에게서 시선을 떼지 않았던 이들이었다.

무언가 빗방울 같은 미세한 알갱이들이 천지를 뒤덮는

다고 느낀 순간, 그것들은 이내 노기인들의 눈과 피부를 녹이고 있었다.

비명과 절규와 처절한 몸부림도 잠시, 노기인들의 얼굴은 순식간에 녹아내리더니 그대로 아무렇게나 털썩 나자빠지기 시작했다.

더더욱 무시무시한 것은 그렇게 얼굴이 모두 녹아내려 목숨을 잃은 상황에서도 여전히 그들의 몸은 부글부글 끓어오르는 소리와 함께 녹아들고 있다는 점이었다.

몇몇 동료들의 다급한 경고 덕분에 황급히 그 자리를 피해 도망친, 그래서 겨우 목숨을 부지한 노기인들의 안색이 새파랗게 질렸다.

그들 대부분 사천당문의 독과 암기가 얼마나 무섭고 두려운 것인지 말로만 전해 듣기만 했을 뿐, 이렇게 그 압도적인 공포의 현장을 직접 보고 느낀 건 처음이었다.

비로소 그들은 왜 사천당문이 그 소수의 인원만으로 천하제일가문이라고 불리는지, 왜 사천당문을 적으로 돌리지 말라는 이야기가 있는지 깨닫고 이해할 수 있었다.

엄청난 광경 앞에서 노기인들은 충격과 공포의 도가니 속에 빠져 있었지만, 그렇게 넋을 놓고 있을 여유가 그들에게는 없었다.

"컥!"

"아악!"

우지끈! 우두둑!

요란하게 뼈가 부러지고 산산조각 박살 나는 소리와 함께 계속해서 들려오는 비명이 그들의 정신을 일깨웠다.

돌아보니 예의 그 괴물과도 같은 석정이 노기인들의 한복판으로 뛰어들어 마구잡이로 손을 뻗어 잡히는 건 모두 부러뜨리는 중이었다.

게다가 검은빛을 띤 채 길게 자란 손톱은 악마의 어금니와 같았다. 사람들의 몸에 박히거나 찢는 건 물론, 살짝 긁히기만 하더라도 치명상이었다.

노기인들은 긁힌 상처에서 검붉은 피가 부글부글 끓어오르는 광경을 보고는 놀라 황급히 스스로 그 팔을 자르고 다리를 잘라야만 했다.

노기인들을 향한 공격은 그게 전부가 아니었다. 석정과 당운보의 공세로 한숨 돌리고 기력을 되찾은 화군악과 장예추, 그리고 강만리가 재차 격전장으로 뛰어들었다.

거기에 공적십이마의 두 거마, 야래향과 빙혼마고가 새롭게 합류했다.

사천당문의 암기에 놀라고 당황하여 손발이 어지러워진 노기인들은 그들의 기습에 혼비백산했고, 결국 장내는 삽시간에 아수라장으로 변했다.

담우천 또한 상당히 기력을 회복한 표정으로, 자신의 곁에서 호위병처럼 서 있던 담호를 향해 입을 열었다.

"움직일 수 있겠느냐?"

담호는 전장에서 시선을 떼지 않은 채 대답했다.

"네. 몸은 완쾌된 상태입니다."

"그럼 너도 가서 네 숙부들을 돕거라."

"아버님은요?"

"조금은 더 기다려야 할 것 같지만 그래도 내 몸 하나 지킬 정도까지는 올라온 것 같다."

담호는 자신의 부친 담우천이 허튼소리를 하거나 입에 발린 소리를 하지 않는다는 사실을 잘 알고 있었다.

"그럼 숙부들을 도우러 가보겠습니다."

담호는 곧장 지면을 박차가 날아올랐다. 한 대의 화살처럼 빠르게 허공을 날아 격전지 한복판으로 떨어지는 그 모습만 보자면 확실히 신창태왕과 싸울 때의 몸 상태, 아니 그보다도 훨씬 좋아진 상태처럼 보였다.

그건 담우천의 기분이나 느낌만 그런 게 아니었다. 확실히 담호의 전신은 지금 스스로 감당할 수 없을 정도의 활력으로 넘쳐 나고 있었다. 거기에다가 신창패왕과 싸웠던 경험이 담호의 공격과 방어에 큰 도움을 주고 있었다.

―무림십왕의 전력을 받아넘기고 그 애병을 박살 냈다.

비록 중상을 입기는 했지만 무림십왕과 싸워 어느 정도의 성과를 냈다는 자신감은 담호과 노기인들과 싸우는 동안 전혀 기죽지 않고 제 실력을 온전하게 발휘할 수 있도록 만들어 주고 있었다.

아무리 노기인들이 뛰어난 무공과 엄청난 경험을 지니고 있다 할지라도 무림십왕보다는 약한 자들이었다. 즉, 지금 담호의 힘만으로도 충분히 상대하고 싸워 이길 수 있는 존재들이었다.

그런 자신감이 실린 칼은 예리하게 허공을 가르며 노기인들의 정수리를 내리쳤다.

그 빠르고 파괴적인 일격에, 상대가 약관도 채 되지 못한 애송이라며 방심하고 있던 노기인들은 크게 당황하며 쩔쩔매야만 했다.

미처 담호의 실력을 제대로 확인하지 못한 몇몇 노기인들은 그가 펼쳐 내는 수많은 절초(絶招) 앞에서 팔이 잘리고 허리를 베여야만 했다.

분위기는 삽시간에 강만리 일행 쪽으로 넘어갔다. 후미진 곳에서 비선의 사자들에게 둘러싸인 채 지켜보고 있던 천소유가 입술을 깨물었다.

이러다가는 자칫 대패(大敗)를 뛰어넘어 아예 몰살(沒殺)하는 경우가 벌어질지도 몰랐다.

저 태극천맹의 백팔원로와 무림의 노영웅들이 몰살하

는 참상이 일어날지도 모른다니!

 빠르고 확실한 대책이 필요했다.

 천소유는 새파랗게 질린 안색과는 달리, 여전히 침착하고 날카로운 눈빛으로 상황을 분석하기 시작했다.

 아무래도 상황이 이렇게 된 데에는 역시 사천당문의 암기와 독이 절대적인 영향을 끼쳤다.

 노기인들은 당운보의 사우천사뿐만 아니라, 또 언제 어떻게 어떤 기이하고 무시무시한 암기와 절독이 튀어나올지 몰라 전전긍긍하며 물러나기에 급급했다. 그의 곁으로 다가가는 이가 단 한 명도 보이지 않았다.

 무림오적은 여전히 뛰어났고, 새롭게 가세한 야래향이나 빙혼마고의 활약도 생각보다 눈부신 상황이었지만, 역시 이 상황을 종료하고 역전시키기 위해서는 당운보부터 해치워야 했다.

 천소유가 그렇게 결론을 지으면서 주변의 십이사자에게 지시를 내리려 할 때였다.

 문득 그녀의 시야로, 누군가가 당운보를 향해 다가서는 광경이 잡혔다. 천소유는 저도 모르게 그 아름다운 봉목(鳳目)을 부릅떴다.

 노기인들 중에서 그녀와 같은 생각을 한 자가 있었던 것이었다. 상황을 역전시키기 위해서는 당운보부터 해치워야 한다는 생각으로 그를 향해 접근하는 이가 있었던 것이었다.
"제발."
 천소유는 가녀린 주먹을 불끈 쥐며 중얼거렸다.
 그 와중에도 무림십왕 중 한 명인 절대권왕 조동립은 당운보와의 거리를 조금씩 좁혀 들어가고 있었다.

8장.
사천당문(四川唐門)

사천의 당문에는 초대받지 않았다면
절대 참석하지 않아야 할 연회가 있으니,
한밤중에 벌어지는 연회가 바로 그것이로다.
지옥에 들어서는 걸 각오한 자만이
극락의 향을 느낄 수 있으리라.

**사천당문(四川唐門)**

1. 이게 바로 절대권왕이다!

절대권왕 조동립은 무림십왕 중에서도 가장 경험이 많고 노련한 자였다.

당연히 조동립은 사천당문의 암기와 독물에도 상당한 견문을 지니고 있었으며, 당운보가 사우천사를 쏘아 낼 때 누구보다도 먼저 그 사실을 알아차리고 소리쳤던 인물이기도 했다.

사실 무정검왕 목부강과 담우천의 일대일 승부가 끝난 후부터 조동립은 그의 곁에서 떨어지지 않았다. 조동립은 무정검왕의 몸 상태를 확인하고, 안전을 지켜 준다는 의미에서 바로 그 곁에 머물러 있었다.

물론 당연히 무림십왕은 동료가 아니었다. 서로 끈끈한 우정이나 동료애로 뭉친 사이는 전혀 아니었다.

그렇게 거의 남과 다를 바 없는 관계인 조동립이 목부강을 그렇게 보살피고 지켜 준 건 전혀 다른 이유 때문이었다.

이곳에 무려 일곱 명의 무림십왕이 왔는데 이제 남은 이는 무정검왕과 절대권왕 오직 두 사람뿐이었다.

'상황을 유추해 보건대 이미 한 형들은 이미 목숨을 잃었을 것이다.'

조동립은 그렇게 생각하고 있었다.

어떻게 죽었는지는 모르지만 강만리 일당을 먼저 쫓아갔던 무적전왕 한백남을 비롯하여 신창태왕, 십전궁왕, 소수음후 네 명 모두 이미 이 세상 사람이 아닐 게 확실했다.

그렇지 않고서야 그들이 쫓던 강만리와 담우천 일당이 이렇게 모습을 다 드러낼 때까지 나타나지 않을 리가 없었으니까.

그런 상황에서 무정검왕 목부강마저 움직일 수 없게 된다면 조동립이 무림오적과 공적십이마들의 가장 중요하고 집중적인 표적이 될 수밖에 없었다.

조동립의 입장에서는 그런 불상사가 일어나지 않게 하기 위해서라도 절대 무정검왕을 잃을 수가 없었다. 그래서 무정검왕이 어느 정도 안정을 취할 때까지 행여 있을지 모르는 기습에 대비하던 참이었다.

그때였다.

"이제 나는 괜찮소이다."

무정검왕 목부강이 침착한 목소리로 조동립에게 말을 건넸다. 연신 주변을 둘러보며 상황을 살피던 조동립의 시선이 그에게로 향했다.

"내 몸 하나 정도는 간수할 수 있으니, 조 형님은 이제 다른 동료들을 도와주셔도 되오."

목부강은 계속해서 말을 이었다.

"아무래도 지금 상황에서 저 사천당문의 독종주를 제지할 수 있는 사람은 조 형님이 유일하니까 말이오."

조동립은 살짝 눈살을 찌푸렸다.

'내가 왜 굳이?'라는 생각이 먼저 떠오르기는 했지만 사실 목부강의 말은 전적으로 옳았다.

사천당문의 독종주 정도 되면 개인의 무위만으로도 백팔원로들에게 뒤질 이유가 하나도 없는 절정 고수였다. 거기에 독에 관해서는 천하제일인이라고 불려도 손색없을 정도로 독공에 능한 인물이었다.

조동립은 과거 몇 차례 당운보를 만난 적이 있었다. 또 그가 직접 하독하는 모습도 본 적이 있었다. 그때 조동립은 속으로 결심했다.

'무슨 일이 있더라도 당문 사람들과는 싸우지 말아야겠구나. 특히 저 친구는 더더욱.'

조동립은 그렇게 내심 당운보의 독공을 경계하고 주의했다. 벌써 그게 십여 년 전의 일이었다.

그런 조동립의 속내를 읽었을까. 문득 목부강이 진지한 어조로 사과했다.

"내가 조금만 더 괜찮았더라면 직접 나섰을 텐데…… 무리한 일을 부탁하게 되었소이다."

목부강이 그렇게까지 나오자 조동립은 어쩔 도리가 없었다. 더는 망설일 수도 없었다.

"무슨 소리. 당연히 내가 해야 하는 일이오."

조동립은 고개를 끄덕이며 말했다.

"독종주는 내가 해치우겠소. 걱정하지 마시고, 몸조리나 잘하시구려."

조동립은 그렇게 목부강을 다독거린 후 크게 호흡을 내쉬며 마음을 차분하게 가라앉혔다.

그러고는 곧바로 노기인들 사이를 비집고 들어가나 싶더니 순식간에 자취를 감췄다. 그야말로 절정에 이른 칠성혼미보(七星昏迷步)의 움직임이었다.

목부강 또한 호흡을 가다듬으며 내공을 천천히 끌어모았다. 비록 조동립에게 부탁하기는 했지만 그렇다고 모든 걸 그에게 맡길 생각은 없었다.

내상을 입은 까닭에 내력이 완전하지 않고 전력의 내공을 끌어모을 수는 없었지만, 그래도 독종주의 시선을 돌릴 정도의 일격을 날릴 수 있었다.

그렇게 검을 쥔 채 상황을 주시하던 목부강의 시야 끝자락에, 소리도 없이 은밀하게 당운보의 뒤쪽으로 다가가는 조동립이 들어왔다.

어느새 조동립과 당운보과의 거리는 이삼여 장으로 좁혀져 있었다.

조동립 정도의 초절정 고수에게 이삼 장 거리는 한 뼘 정도의 거리에 지나지 않았다. 언제든지 주먹을 뻗어 당운보를 후려칠 수 있는 거리였다.

목부강은 크게 호흡을 내쉬었다가 입을 다물었다. 그러고는 당운보의 가슴을 향해, 들고 있던 검을 벼락처럼 날렸다.

우르릉!

마치 우레와 같은 굉음이 터지면서 그의 검은 성난 뇌전(雷電)처럼 요란한 빛을 내며 허공을 격하고 당운보를 향해 날아갔다.

얼마나 그 일검이 요란했는지 주변 모든 이들의 시선이 그 검을 향해 쏟아졌다. 당운보 또한 마찬가지였다.

'헉!'

무시무시한 속도로 순식간에 이십여 장 거리를 날아드

는 검을 본 당운보는 절로 헛바람을 집어삼키며 빠르게 머리를 굴렸다.

'막을 수는 없다. 피한다면 역시 뒤쪽인가?'

순간적으로 판단을 내린 당운보는 자신의 뒤쪽에 절대권왕 조동립이 기다리고 있다는 사실을 전혀 모른 채 훌쩍 뒤로 몸을 날렸다.

일순 조동립의 눈빛이 먹이를 본 호랑이의 그것처럼 번뜩였다. 목부강의 한 수 덕분에 당운보와의 거리가 일 장 안팎까지 좁혀든 것이었다.

당연히 이 절호의 기회를 놓칠 리가 없는 조동립이었다.

'이 거리라면!'

완벽한 기회를 얻게 된 절대권왕의 왼발이 지면을 내리찍었다. 지면이 한 움큼이나 파이고 흙먼지가 피어오르는 진각(震脚)이었으나, 놀랍게도 아무런 소음이 일지 않았다.

그 강력한 진각을 바탕으로 절대권왕의 총화(總和)가 실린 주먹이 일직선으로 뻗어 나갔다.

소리보다도 빠른 권격이었을까. 바람을 가르는 소리도 들리지 않았다. 주먹을 내지르는 굉음도 전해지지 않았다.

오로지 공간과 공간을 가르며 일직선으로 뻗어 가는 빛

무리처럼, 절대권왕의 주먹에서 뻗어 나간 섬광이 정확하게 당운보의 등을 강타했다.

"콰앙!"

바로 그 순간 맨살과 맨살이 부딪치는 소리라고는 도저히 믿어지지 않을 굉음과 우지끈! 척추의 뼈가 두 동강이 나는 요란한 소리가 터져 나왔다.

절대권왕의 눈앞에서 사천당문의 독종주 당운보가 비명도 지르지 못하고 허리가 두 동강이 난 채 지면으로 떨어졌다.

"안 돼!"

당운보와는 조금 떨어져 있던 빙혼마고가 놀라 울부짖으며 달려왔다. 야래향의 눈이 커졌으며 무림오적 모두가 움찔거렸다.

절대권왕 조동립의 입가에 절로 미소가 스며들었다. 동시에 그는 당운보에게로 달려오는 빙혼마고를 향해 다시 한번 주먹을 날리며 소리쳤다.

"당문의 독종주는 내가 해치웠소! 남은 건 이제 놈들을 몰살시키는 일뿐이오, 형제들이여!"

고함과 함께 빙혼마고를 향해 내지른 주먹에 묵직한 타격감이 전해졌다. 빙혼마고는 새우처럼 몸을 구부린 채 피를 분수처럼 뿜어내며 사오 장 밖으로 날아갔다.

―이게 바로 절대권왕이다!

 조동립은 그렇게 소리치려 했다.
 하지만 바로 그때였다. 뭔가 한없이 날카롭고 맹렬한 무언가가 자신의 옆구리 깊숙한 곳까지 파고들었다.
 "음?"
 조동립은 무심코 고개를 돌렸다.
 처음 보는, 아직 어려 보이는 아이 한 명이 검고 긴, 창이나 꼬챙이처럼 생긴 물건을 있는 힘껏 조동립의 옆구리에 찔러 넣고 있었다.
 얼마나 깊게 찔러 넣었는지, 그 꼬챙이의 끝은 조동립의 몸을 관통하여 반대편 옆구리에 툭 튀어나와 있었다.
 '음? 언제? 어떻게?'
 믿어지지 않았다. 도대체 언제 이 어린 녀석이 이렇게까지 가까이 접근한 것일까.
 조동립은 그런 의문을 떠올리며 손을 뻗어 어린아이의 머리통을 단번에 박살 내려고 했다.
 바로 그 순간이었다.
 "아무리 그래도 그건 어린아이에게 너무 과한 반격이 아니오, 조 노사(老師)?"
 묵직한 목소리가 조동립의 코앞에서 들려왔다. 조동립은 저도 모르게 손을 멈추고 고개를 돌렸다.

일순 그의 눈은 보지 않아야 할 것을 본 사람처럼, 그 자리에 있어서는 안 될 사람을 본 것처럼 경악으로 물들었다.

"다, 당 독종주. 그, 그대가 어찌……."

그의 흘러나오는 목소리까지 부들부들 떨리고 있었다.

그랬다. 믿을 수 없게도, 지금 조동립의 면전에 우뚝 서 있는 자는 방금 그가 허리를 토막 내서 죽였던 바로 그 당운보였던 것이었다.


2. 구대절독(九大絕毒)


"음, 왜 그리 놀라시오?"

당운보는 고개를 갸웃거리며 물었다.

"설마 하니 본 문의 환빈야연(歡賓夜宴)과 극락향(極樂香)을 까마득하게 잊고 있었던 것이오?"

그의 물음에 조동립의 눈빛이 파르르 떨렸다.

"그, 극락향이라니……. 그럼 내가 방금 보고 느끼고 겪었던 모든 게 환각이었던 말인가?"

"그렇소이다. 아, 지금 조 노사의 옆구리를 관통한 건 현실이오. 내 아직 어리기만 한 시종(侍從)이니, 모든 질책은 내게 해 주시기 바라오."

당운보는 활짝 웃으며 말했다.

반면 조동립의 얼굴은 추할 정도로 크게 일그러졌다.

그제야 옆구리를 관통당한 충격과 고통이 한꺼번에 밀려든 까닭이었으리라. 아니, 어쩌면 그보다 환빈야연에 당했다는 정신적인 충격이 더 컸는지도 모르는 일이었다.

'비, 빌어먹을! 환빈야연과 극락향이라니······.'

조동립은 이를 갈았다.

사천당문에 사상 최강의 수신독(守身毒)인 환빈야연이, 그리고 극락의 환각을 보여 줘서 세상의 온갖 시름을 잊게 만드는 극락향이 존재한다는 사실을 깜빡 잊고 있었던 것이었다.

\* \* \*

환빈야연의 뜻을 풀이하자면 '밤에 찾아오는 손님을 환영하는 잔치'라는 뜻으로, 언뜻 들어 보면 그보다 더 즐겁고 반가운 일이 없을 것 같았다.

하지만 속뜻의 환빈야연은 외려 그보다 더 잔악하고 완벽하게 방어하고 제 몸을 지킬 수 있는 독이라 할 수 있었다.

무색무미무취(無色無味無臭)의 밀가루처럼 곱고 흰 분말을 주변에 뿌려 놓으면 마치 잠든 것처럼 그 자리에 머물러 있다가, 누군가 침입자가 그 자리를 밟는 순간 연기처럼 피어올라 그의 코와 입을 통해 몸속으로 스며든다.

그 자리에 오래 머물면 머물수록 독성이 쌓이고 쌓여서 더욱더 강력해지는, 그래서 하룻밤이 지날 즈음에는 단 한 호흡만을 들이켜도 열 걸음 안에 목숨을 잃게 된다는 절명의 극독.

적에게 선제공격을 할 수 없으나, 단 한 줌의 분말로 수십만 대군의 진격을 막을 수 있다는 최고의 방어망이자 최강의 수신독.

사천당문의 구대절독 중에서도 서열 삼 위에 해당하는 바로 그 환빈야연을 두고 세상 사람들은 이렇게 평가하기도 하였다.

–사천의 당문에는 초대받지 않았다면 절대 참석하지 않아야 할 연회가 있으니, 한밤중에 벌어지는 연회가 바로 그것이도다.

반면 극락향은 향이 뛰어나고 맛이 좋아서 주로 차나 술에 타서 사용하는 독이었다.

복용하거나 중독되는 순간부터 상대는 극락에 있는 듯한 환상과 쾌감을 느끼고, 또 자신이 원하고 바라는 일을 이루는 성취감을 맛볼 수가 있었다.

사천당문(四川唐門) 〈237〉

그러나 그 환희와 쾌감과 성취감이 강렬하면 강렬할수록 더 많은 내공을 잃게 되는, 이른바 산공독의 일종이었다.

 그리하여 마침내 독의 효력이 떨어져서 환각이 사라지고 현실로 돌아오게 되는 순간, 그 좌절감에 무너지며 그 쾌감을 다시 맛보고 싶다는 욕망에 몸부림치게 된다.

 그 이율배반적인 감정은 결국 사람의 이성을 무너뜨리고 정신을 붕괴하게 하여 완벽한 극락향의 노예로 바뀐다.

 세상 사람들은 그 극락향의 무서움을 두고 이렇게 경고하기도 했다.

 −지옥에 들어서는 걸 각오한 자만이 극락의 향을 느낄 수 있으리라.

\* \* \*

 당운보는 그 극락향과 환빈야연을 조합하여 새롭게 만든 가루를 이삼 장 주변 가득 뿌려 놓았다.

 그리하여 절대권왕 조동립이 소리 없이 당운보의 뒤쪽으로 다가선 순간, 기다렸다는 듯이 바닥에 뿌려졌던 극락향과 환빈야연의 미세한 가루들이 비산하면서 그대로 조동립의 코와 입을 통해 그의 폐부로 파고든 것이었다.

극락향은 절대적이었다.

조동립의 콧속으로 파고들자마자 그는 완벽하게 환각 상태에 빠져들었다.

그는 언제 자신이 환각에 빠져들었는지도 모른 채 당운보의 허리를 두 동강이 내는 환상을 보았으며, 빙혼마고를 십여 장이나 날려 버리는 쾌감을 느꼈다.

그건 사정의 절정에 이르러 정액을 배출할 때보다도 짜릿하고 전율이 느껴지는 쾌감이었다.

그 환상과 쾌락이 사라진 건 현실 때문이었다. 당운보의 시종이 쇠꼬챙이 같은 걸로 그의 옆구리를 찌르는 순간, 견딜 수 없는 고통과 전신을 꿰뚫는 충격으로 조동립의 눈이 번쩍 뜨인 것이었다.

뒤늦게 생각해 보니 빙혼마고가 절규하며 외친 줄 알았던 '안 돼!'라는 고함은, 시종의 기습 공격에 놀란 천소유의 부르짖음이었던 듯싶기도 했다.

'이런 젠장!'

조동립은 저도 모르게 투덜거렸다.

그의 전신에서는 모든 기력이 거짓말처럼 사라지고 있었다. 손을 들고 있을 힘조차 없었으며 두 발로 지면을 내디딜 기력조차 없었다.

한편 시종은 조동립이 제 머리를 내려치기 전 그의 몸

에서 빠르게 쇠꼬챙이를 빼낸 다음 그대로 지면을 굴러서 순식간에 숲속까지 데굴데굴 굴러갔다.

그 기묘하고 괴이한 수법에 놀랄 틈도 없이, 조동립의 양 옆구리에서 검은 핏물이 분수처럼 뿜어져 나왔다. 새빨간 선홍빛의 핏물이 아닌, 저 지저갱 어둠 깊은 곳에서 끌어 올린 듯 새까만 핏물이었다.

울컥.

조동립의 입을 열고 새까만 핏덩이가 절로 튀어나왔다. 조동립은 여전히 꿋꿋하게 버티고 서 있으려 했지만 소용이 없었다.

"반드시……."

조동립이 입을 열었다.

당운보를 노려보는 그의 잔뜩 충혈된 눈에서 핏물이 조금씩 새어 나오더니 말 그대로 혈루(血淚)가 되어 뚝뚝 흘러내리기 시작했다.

'천벌을 받을 게다.'

아마도 그런 말을 하려 했을 것이다. 사마외도의 악적들을 도와서 정파와 백도의 노기인들을 살해한 죄, 반드시 천벌을 받을 것이라고 말하려 했을 것이다.

하지만 조동립은 결국 그 말을 잇지 못한 채 처참하게 무너지듯 무릎을 굽히더니 그대로 앞으로 고꾸라졌다.

절대권왕이라는 별호가 무색할 정도로 비참한 죽음이

었다.

"조 노사!"

그 광경을 본 천소유가 재차 부르짖었다. 이렇게 허무하게 절대권왕 조동립을 보낼 수 없다는, 절대권왕의 이런 죽음은 도저히 받아들일 수 없다는 외침이었다.

하지만 그건 그녀의 완벽한 실수였다. 그녀의 절규로 인해 격전을 치르고 있던 모든 노기인들의 이목이 절대권왕 조동립에게로 쏟아졌다.

절대권왕이 당운보에게 무릎을 꿇고 고꾸라지는 광경을 목도한 노기인들의 안색이 새파랗게 질렸다. 그리고 그 광경은 노기인들의 사기에 치명적인 악영향을 주고 말았다.


3. 괴력난신(怪力亂神)

-절대권왕조차 당해 내지 못한 사천당문의 독이다!

그 사실이 노기인들의 뇌리 깊숙한 곳에 각인되었다. 동시에 노기인들은 더 이상 저들과 싸울 의지와 기력을 상실하게 되었다.

차라리 정정당당하게 주먹을 주고받고 칼과 검으로 맞

부딪치는 싸움이라면 설령 아무리 열세에 몰린다고 할지라도, 최후의 마지막까지 최선을 다해 버티고 싸워 역전을 노렸을 그들이었다.

하지만 독은 달랐다. 그것도 절대권왕조차 당해 내지 못한 사천당문의 독은 달랐다.

앞에서 무림오적과 공적이마, 그리고 독인과 치열한 접전을 벌이는 가운데 뒤에서 절대권왕조차 목숨을 잃게 만든 극독이 아무도 모르게 흩뿌려진다면, 그걸 어찌 감당해 낼 수가 있겠는가.

"아무래도 오늘은 날이 아닌가 보오!"

목청 크고 언변 뛰어난 운주담종이 크게 소리쳤다.

"살아 있어야 복수가 가능한 법! 십 년이 지나도 청산(靑山)의 땔감은 그대로일 테니, 최대한 끝까지 살아남아서 후일을 도모하는 게 나을 것 같소!"

운주담종은 그렇게 소리치기만 하지 않았다. 큰 소리로 동료들을 향해 고함치자마자 그는 재빠르게 몸을 돌려 무천산 어귀를 향해 쏜살처럼 도망친 것이었다.

노기인들의 얼굴에 갈등의 빛이 일렁거렸다.

운주담종의 말은 현실적이었고 이성적이었지만, 그렇다고 이대로 내빼기에는 평생 쌓아 올린 그들의 자존심과 체면이 용납하지 않았다.

그때였다. 또 하나의 비명이 무더운 공기를 뚫고 청명

한 하늘까지 솟구쳤다.

"아악!"

비명이 들려온 방향으로 시선을 돌렸던 노기인들의 안색이 급변했다.

운주담종의 도주에 한순간 시선이 팔렸던 노기인 한 명의 팔과 다리가 산 채로 갈기갈기 찢긴 것이었다. 그 무시무시한 괴력의 임자는 다름 아닌 독인 석정이었다.

석정은 줄어들지 않는 강인한 체력과 독으로 쌓은 엄청난 내공을 바탕으로 노기인의 무리를 헤집으며 연신 그들의 몸뚱이를 붙잡고 있었다.

팔이든 다리든, 목이든 어깨든, 신체 어느 부위든 상관없었다. 잡히는 부위는 모두 갈기갈기 찢었다. 그야말로 괴력난신(怪力亂神) 바로 그 자체였다.

어디 그뿐인가. 새까맣게 물든 독조(毒爪)에 베이거나 긁히기만 하더라도 상대방은 바로 그 자리에서 피를 뿜으며 쓰러졌다.

석정 바로 앞에서, 그 감당할 수 없는 공포에 맞부딪친 노기인들은 얼굴이 핼쑥해진 채 도망치기에 급급했다. 그중 몇 명은 운주담종처럼 아예 몸을 돌려서 산어귀를 향해 냅다 도주하기도 했다.

그렇게 하나둘씩 도주자가 생기자 노기인들의 진영은 삽시간에 무너져 내렸다.

"운주담종의 말이 옳소!"

"다들 다음 기회를 노립시다!"

노기인들은 앞다퉈 소리치며 도망치기 시작했다. 그건 곧 거대한 썰물이 되었고, 이내 수십 명의 노기인이 허둥지둥 산을 빠져나가기 시작했다.

살아 있던 자들 중 절반가량의 인원이 순식간에 자취를 감췄다. 이제 이곳에 남아 있는 노기인의 수는 대략 이삼십 명에 불과했고, 아직 건재한 비선의 무리까지 합쳐도 백이 채 되지 않았다. 삼백의 추격대가 어느새 삼분지 일로 줄어든 것이었다.

그 광경을 모두 지켜본 천소유의 얼굴이 백지장처럼 새하얗게 변할 수밖에 없었다.

지금 그녀의 머릿속은 공황 상태가 되어 아무것도 생각할 수가 없었다. 무림오적을 상대하는 것만도 급급한 상황이었는데, 거기에 전혀 생각하지 못했던 공적이마와 당운보까지 합세한 것이었다.

야래향과 빙혼마고는 전성기 때보다도 더 강력하고 파괴력 넘치는 무위를 선보였으며, 당운보는 사천당문의 공포와 두려움을 제대로 보여 주고 있었다.

그뿐이 아니었다. 아니, 지금 상황에서 가장 난폭하고 두렵고 무시무시한 파괴력을 보이는 이는 강만리나 화군악, 장예추가 아닌, 야래향과 빙혼마고도 아닌, 심지어 당운보도 아닌 저 한 명의 독인이었다.

놀랍게도 그 한 명의 독인에게 벌써 수십 명의 노기인이 목숨을 잃었다. 그야말로 천하제일의 공포, 바로 그 자체였다.

그러니 천소유가 제대로 생각할 수 없는 건 너무나도 당연한 일이었다. 사람들은 제 이성으로 받아들이기에 너무 거대한 충격은 아예 머릿속에서 지워 버리니까.

지금 천소유의 뇌리는 그야말로 순백색의 아무것도 존재하지 않는, 말 그대로 텅 빈 상황이었다.

"몰살시킨다고 하지 않았나?"

당운보가 강만리 곁으로 내려서며 조금은 초조한 목소리로 물었다. 강만리는 아직도 결기를 갈기처럼 일으켜 세운 채 덤벼드는 노기인을 향해 황금빛 장력을 쏟아부은 다음 대꾸했다.

"몰살시킬 겁니다."

"그렇다면 저 도망치는 노사들을 가만히 내버려둬서는 안 될 것 같은데."

당운보의 목소리에는 여전히 초조함이 묻어 있었다.

그럴 수밖에 없었다.

만약 이곳에서 살아서 도망친 노기인들이 당운보에 관한 이야기를 퍼뜨린다면, 그래서 당운보가 무림오적과

사천당문(四川唐門) 〈245〉

공적이마와 합세하여 백도정파의 노기인들을 죽이고 심지어 절대권왕 조동립까지 죽인 게 세상에 널리 퍼지게 된다면 그 여파는 도저히 감당할 수가 없게 될 터였다.

당운보는 물론이거니와 그의 가문인 사천당문에게까지 막대한 피해가 갈 게 분명했다.

물론 빙혼마고와 혼인한 후 때마침 찾아온 화군악, 장예추와 함께 당문을 떠날 때, 이미 당운보는 파문을 당한 형식으로 그곳을 떠난 상황이기는 했다.

하지만 결국 그건 눈 가리고 아웅 하는 꼴이었고, 여전히 모든 강호무림인의 비난을 받을 게 뻔한 사실이었다. 어쩌면 당운보뿐만 아니라 사천당문까지 무림의 공적으로 지명될 수도 있었다.

'뭐, 그렇다고 눈 하나 깜빡하지 않을 사람들이기는 하지만.'

그러나 아무리 사천당문의 힘이 대단하고 독과 암기의 위력이 천하를 뒤덮을 정도라고는 해도 전 무림을 상대로 싸워 이길 힘까지는 아니었다.

애당초 만약 그만한 힘을 지니고 있었다면 왜 태극천맹과 오대가문 앞에서 몸을 낮추고 있었겠는가.

그래서 이곳의 모든 노기인, 아니 모든 상대를 몰살시켜야 했다.

애당초 당운보가 전장으로 뛰어든 것 역시, 강만리의

'몰살시키겠습니다!'라는 장담 때문이 아니었던가.

그런 당운보의 초조함을 눈치챈 것일까. 강만리는 문득 희미한 미소를 머금으며 입을 열었다.

"산어귀로 내려간 자들 또한 모두 죽을 겁니다."

"음? 내가 모르는 또 다른 동료들이 있었나?"

당운보는 주위를 둘러보며 말했다.

"내가 듣기로는 여기 있는 이들이 곧 자네의 모든 전력인 것 같은데."

"그게······."

강만리는 대답하려다가 말고 다시 금강류하의 일장을 후려 갈긴 후 말을 이었다.

"마음에는 들지 않지만, 또 묘하게도 내 마음을 읽기라도 한 듯 그대로 따라서 움직여 주는 자가 있거든요."

당운보의 눈이 휘둥그레졌다.

"음? 그게 누군가?"

"그게······."

강만리가 입을 열 때였다.

산어귀, 조금 전 운주담종을 비롯해서 이삼십 명의 노기인이 부리나케 도주했던 바로 그 방향에서 단말마의 비명이 들려왔다.

"아악!"

"컥!"

"복병이다!"

그렇게 한꺼번에 쏟아진 비명과 절규, 고함은 확실히 조금 전 도주했던 노기인들의 음성이었다. 그중에는 목청 크고 언변 뛰어난 운주담종의 목소리도 포함되어 있었다.

"저건……."

당운보가 흠칫거렸다.

강만리가 반은 즐거운 듯 반은 기분 나쁘다는 듯한 표정으로 한숨을 내쉬며 고개를 끄덕였다.

"네, 맞습니다."

그렇게 말하는 강만리의 눈빛이 왠지 우울하게 빛나고 있었다.

"기분 나쁘게도 내 마누라보다도 내 속내를 잘 알고 있는 녀석이지요."

"아니, 그게 누구냐 말이지?"

당운보가 답답하듯 재촉하여 물을 때였다.

한 가닥 미미한 바람이 이는가 싶더니 사오 장 거리 저편에서 노기인들과 치열하게 싸우고 있던 화군악이 날아들었다. 그는 피투성이가 된 얼굴로 활짝 웃으며 강만리에게 말을 걸었다.

"십삼매가 온 모양이군요!"

"그래."

강만리의 얼굴이 한순간 크게 일그러졌다.
"빌어먹을 그 녀석이, 아쉽게도, 딱 내가 예상하던 바로 그 시각에 맞춰서 달려온 게다."
일순 당운보는 어리둥절한 표정을 지었다.
'음? 지금 기뻐하는 거야, 화를 내는 거야?'
당운보의 입장에서 보자면 도대체 알 수 없는 강만리의 표정과 말투였다.

# 9장.
# 독중지체(毒中至體)

강만리는 그들이 포두와 포쾌였던 시절,
석정이 강만리 모르게 뒷돈을 챙겼다는 것도 알고 있었다.
또 강만리는 석정이 아무도 모르게
예예를 짝사랑했다는 사실도 알고 있었다.
그리고 석정이 그 누구보다도 자신을 좋아하고 존경한다는 것
역시 강만리는 너무나도 잘 알고 있었다.
그래서였다.

**독중지체(毒中至體)**

1. 마지막 소원

"아악!"
"컥!"
 그 와중에도 산 아래쪽에서는 연신 비명이 터져 나왔다.
 비록 강만리 일행, 그리고 당운보들과 싸우느라 심신 모두 지친 상황이겠지만 그대로 어디까지나 무림을 호령하는 노기인들이었다.
 그런 노기인들의 마지막 목소리라고 하기에는 너무나도 처절한 비명이고 절규였다.
 콰앙! 쾅!

바로 그때, 천지가 괴멸하는 듯한 굉음이 들리고 무천산 전체가 크게 뒤흔들렸다. 대지의 중심이 어긋날 정도로 강대무비한 폭발이었다.

얼마나 대단한 폭발이었는지 그곳으로부터 수백여 장 떨어진 강만리들 모두 그 폭발의 후폭풍에 머리카락이 흩날리고 소매가 펄럭거렸다.

강만리가 머리카락을 쓸어 올리며 중얼거렸다.

"자양까지 온 겐가? 흠, 그건 예상 밖인데…… 아란과 십삼매가 손을 잡을 거라고는 전혀 생각하지 못했는데 말이지."

저 폭발은 분명 축융문의 폭약 때문에 일어났으리라. 십삼매에게 축융문의 폭약이 있을 리 없으니 당연히 소자양의 폭약이 분명했다.

아란과 함께 사천 외곽 지역에 머물러 있어야 할 소자양의 폭약이 이곳에 있다면 소자양이 십삼매와 더불어 이곳에 와 있다는 뜻이었고, 곧 아란 또한 이곳에 있다는 말이 된다.

아란은 십삼매를 무서워하고 두려워했다. 아란은 십삼매에게 목숨을 잃을지도 모른다고 생각했다. 강만리가 그녀에게 맡겼던 화평장마저 버리고 야반도주한 이유가 바로 그것이었으니까.

그런 아란이 십삼매와 함께 움직인다?

확실히 그건 강만리의 예측을 벗어난 움직임이었다.

'그래서 재미있다니까.'

강만리는 속으로 중얼거렸다.

'세상일이라는 게 늘 뜻대로, 계획대로, 생각한 대로 움직이지 않으니까. 그러니까 보다 완벽한 계획을 꾸밀 맛이 있는 게지.'

강만리는 그렇게 생각했다.

물론 그는 아직 소자양이 아란의 품에서 도망쳤다는 사실을 전혀 모르고 있었다. 그랬기에 아란이 십삼매와 손을 잡았다고 착각하는 것이기도 했다.

하지만 어쨌든 세상일은 절대 강만리의 계획대로 움직이지만 않았다. 지금처럼, 장예추가 홀로 몸을 날려 비선의 무리에게 둘러싸여 있던 천소유에게 접근한 것처럼.

비선의 십이사자는 전력을 다해 장예추를 막으려 했다. 하지만 그들은 무림십왕이 아니었고, 또 백도의 노기인들에 비해서도 무위가 떨어졌다.

장예추는 취몽보의 보법을 밟은 지 서너 걸음 만에 아무런 상처 없이 천소유의 앞에 이르렀다.

"어딜!"

"죽어라!"

십이사자들이 미쳐서 날뛰려는 순간 장예추의 입에서 묵직한 목소리가 들려왔다.

"다들 그 자리에서 한 걸음이라도 움직인다면 그녀는 죽는다."

일순 십이사자를 비롯한 비선의 무리들은 얼음처럼 움직이지 않았다. 어느새 장예추의 손은 천소유의 가늘고 약해 보이는 목을 움켜쥐고 있었다.

장예추는 천소유를 똑바로 바라보며 말했다.

"분명히 말한 것 같은데."

천소유는 숨조차 쉬기 힘들고 괴로운 듯 컥컥거렸다. 장예추가 계속해서 말을 이었다.

"다시 만나게 되면 그때는 절대 살려 주지 않겠다고 말이지."

"컥컥."

여전히 천소유는 대답할 수가 없었다. 숨을 쉴 수 없게 된 그녀의 얼굴이 시뻘겋게 달아올랐다. 보다 못한 십이사자가 장예추의 등을 노리고 한꺼번에 움직이려 했다.

"그녀가 죽는다니까."

장예추가 그렇게 말하면서 그녀의 목을 움켜쥔 손에 힘을 가하자, 천소유가 버둥거리기 시작했다.

"무기를 버리고 뒤로 물러나라."

장예추는 다시 한번 싸늘하게 말했다.

십이사자의 복면 안쪽에서 엄청난 살기가 흘러나왔지만, 어쩔 도리가 없었다. 결국 그들은 무기를 내려놓고 몇 걸음 뒤로 물러서야만 했다.
 장예추는 여전히 천소유의 그 아름다운 얼굴을 똑바로 바라보면서 말했다.
 "왜 자꾸만 내 손을 더럽히려고 하지? 그렇게 내게 죽고 싶은 거야? 정말 내 손에 목숨을 끊고 싶은 거야?"
 일순 천소유의 눈빛이 달라졌다.
 장예추의 말은 그 경황없는 순간에도 그녀의 머릿속 깊이 파고들었다.
 그리고 그 말은 그녀가 전혀 생각하지도 않았던, 하지만 마음 깊숙한 어딘가에 숨어 있던, 오롯하게 바라고 원하고 있던 마지막 소원을 건드리고 있었다.

 ―차라리 그의 품에 안겨서 죽으면 행복할까?

 천소유의 새빨갛게 변했던 얼굴빛이 어느새인가 새하얗게 물들고 있었다.
 이제 그녀는 더 이상 바둥거리지 않았다.
 그저 동그란 눈으로 장예추를 가만히 쳐다보기만 할 뿐이었다. 그 무심한 눈빛은 도대체 무얼 말하고 있을 것일까. 무얼 말하려고 하는 것일까.
 그 눈빛에는 체념도 슬픔도 기쁨도 애정도 증오도 없었다. 말 그대로 무심하기 그지없는 눈빛일 따름이었다.

외려 장예추의 눈빛이 흔들리고 있었다. 무심한 그녀의 눈빛과 정반대로 장예추의 눈빛에는 애증(愛憎)의 감정이 확실하게 담겨 있었다.

"젠장."

장예추는 결국 손에서 힘을 풀었다. 천소유가 그 자리에 쓰러지듯 털썩 주저앉았다.

바로 그 순간을 노리고 십이사자와 복면인들이 장예추를 향해 기습을 날렸다. 십수 개의 칼과 검과 창이 장예추의 선신에 내리꽂혔다.

그러나 장예추는 이미 그 자리에서 사라지고 없었다. 십이사자들의 무기가 허공을 찌르는 순간 장예추는 벌써 사오 장 떨어진 곳으로 순간 이동한 것처럼 날아가 있었다.

그리고 그곳에 있던 노기인들에게 대신 분풀이라도 하듯이 연거푸 살초를 펼치며 격렬하고 치열하게 싸우기 시작했다.

"괜찮으십니까, 선주?"

"다치신 곳은 없으십니까?"

심복들이 빠르게 달려와 천소유를 부축하며 그녀의 안위를 확인했다.

천소유는 몇 번 가쁘게 숨을 몰아쉰 다음, 훨씬 더 차분하게 가라앉은 목소리로 말했다.

"괜찮아요, 나는."

그녀는 힐끗 장예추가 싸우는 곳으로 시선을 돌렸다가 다시 주변을 돌아보았다.

참패였다.

백팔원로의 모습은 거의 보이지 않았다. 백도의 노기인들 또한 현저하게 수가 줄어들어 있었다. 그녀의 주변에 몰려 있던 복면인들을 제외한다면 겨우 이십여 명의 노기인만이 남아 마지막까지 항쟁하고 있었다.

게다가 산 아래쪽에서 들려오던 비명과 고함, 폭발음도 이제는 더 이상 들려오지 않았다.

몰살이었다. 먼저 도주하고 도망쳤던 노기인들 모두 목숨을 잃은 게 분명했다.

그러니 곧 놈들이 몰려올 것이다. 강만리들의 원군, 십삼매와 황계의 모든 전력이 함께 이곳으로 들이닥칠 것이다.

천소유는 입술을 깨물다가 심복들을 뿌리치고 앞으로 나섰다. 그러고는 몸의 모든 기력을 짜내어 소리쳤다.

"항복하겠어요!"

그녀의 처절한 목소리가 주변 일대에 메아리쳤다. 그녀는 계속해서 외치고 또 외쳤다.

"더 이상 싸우는 건 불필요한 죽음만 만들 뿐이에요! 모두 검을 내려놓고 항복하세요! 비선의 선주가 아닌, 천소유라는 여인의 간곡한 부탁입니다! 이곳에서 초개(草

芥)처럼 목숨을 잃느니 어떻게든 살아남는 것이 더 중요하고 소중합니다!"

그녀의 애끓는 외침이 통했을까. 아니면 이미 전황이 기울대로 기울었다고 생각한 것일까.

끝까지 남아서 버티며 치열하게 싸우던 노기인들이 하나둘씩 무기를 버리고 혹은 손을 내리고 물러났다.

하지만 그 와중에도 피를 철철 흘리며 싸우던 노기인 몇몇은 절대 항복할 수 없다는 듯이 크게 소리쳤다.

"항복한다고 목숨을 보상받을 수 있겠소? 차라리 끝까지 싸우다가 죽는 게 마지막 자존심을 지키는 유일한 방법일 것이오!"

그러자 강만리도 기다렸다는 듯이 소리쳤다.

"항복하면 절대로 죽이지 않겠소! 내 이름과 아들의 명예를 걸고 약속하리라!"

"악적의 말을 어찌 믿을 수 있겠느냐!"

"헛소리 마라! 공적 따위의 말을 누가 듣겠느냐!"

노기인들이 맞받아치자 이번에는 당운보가 소리쳤다.

"그럼 제가 약속하리다! 아직 사천당문의 위명을 잊지 않으셨다면 독종주인 제 약속만큼은 신뢰하셔도 될 것이오!"

"흥! 사마외도의 앞잡이가 된 자의 말을 누가 믿는다고……."

몇몇 노기인들은 그렇게 코웃음을 쳤지만, 결국 남은 이들은 몇몇 소수뿐이었다. 그들과 함께 끝까지 싸우고자 했던 동료들 모두 당운보의 말에 무기를 내던지고 한쪽으로 물러난 까닭이었다.

 상황이 그렇게 되자 마지막까지 남아 있던 서너 명의 노기인들 역시 더는 싸울 수가 없었다. 그들은 강만리와 당운보들을 향해 가래침을 뱉고는 아무렇게나 자신들의 애병을 집어 던졌다.

 강만리가 재차 소리쳤다.

 "다들 멈추시오! 적은 이미 항복했소!"

 그의 고함을 들은 야래향과 빙혼마고, 당운보와 장예추, 화군악과 담호들은 모두 싸움을 멈추고 강만리 쪽으로 집결했다.

 하지만 석정은 아무것도 들리지 않는다는 듯이 여전히 광포하게 움직이며 노기인들을 잡아 뜯으려고 했다.

 빙혼마고가 혀를 차며 소리쳤다.

 "석정! 대장이 기다리신다!"

 일순 석정이 거짓말처럼 그 자리에 멈춰 섰다. 샛노랗게 변했던 눈빛도 이내 정상으로 되돌아왔다.

 석정은 천진난만한 얼굴로 주변을 둘러보다가 강만리를 보고는 마치 처음 만난 것처럼 펄쩍 뛰며 달려왔다.

 "대장!"

강만리는 살짝 눈살을 찌푸리며 빙혼마고에게 물었다.

"어찌 된 영문입니까?"

빙혼마고가 소곤거렸다.

"광분(狂奔)에 빠진 저 아이를 유일하게 멈출 수 있는 단어가 바로 대장이라네."

강만리의 표정이 묘하게 변했다.


2. 워낙 인망(人望)이 좋은 걸 어쩌겠습니까?


석정은 자신의 힘이 부족하고 미약하여 강만리의 도움이 되지 못하는 걸 분해했다.

그래서 일부러 황계를 찾아가 도움을 청했고, 황계에서는 가장 빠르게 절정의 고수가 되는 방법으로 독인을 제안했다.

석정은 스스로 독인이 되기를 선택하고 황계의 도움을 받게 되었지만, 그 와중에 결국 주화입마에 빠지게 되었다.

이후 강만리는 주화입마에 빠진 석정을 사천당문으로 보내서 게서 치료할 수 있도록 했는데, 벌써 그게 사오 년 전의 일이었다.

그 사오 년 동안 사천당문은 독종 당운보의 주도하에

무수히 많은 해독약을 주입하여 석정을 치료하고자 했다.

하지만 한 번 주화입마에 빠진 독인을 치료하는 건 절대 쉽지 않았다.

그때 당운보는 치료의 방향성을 정반대로 돌렸다. 존재하는 모든 해독약으로는 치료가 불가능하니, 차라리 이독제독(以毒制毒)의 방법을 통해 치료해 보고자 한 것이었다.

이후 당문과 당운보는 당문의 모든 독과 독물을 이용하여 석정을 치료하기 시작했다.

그렇게 세월이 흐르던 어느 날 마침내 석정은 정신을 차리게 되었다. 그토록 그를 괴롭히던 주화입마의 증상이 씻은 듯 사라진 것이었다.

하지만 문제는 아직 남아 있었다.

평소의 석정은 예전의 그 포쾌 석정과 전혀 다를 바가 없었지만, 한 번 광분에 빠지게 되면 전혀 다른 사람이 된다는 점이었다.

주변 모든 걸 죽이고 해치우고 몰살시켜야만 비로소 제정신을 차리는, 그야말로 완벽한 폭주(暴走)와 광분의 석정이 되고 만 것이었다.

결국 당운보들은 석정이 광분 상태에 접어들었을 때 그를 제정신으로 돌려놓는 방법을 찾느라 또다시 골머리를 썩여야 했다.

그러던 어느 날, 우연히 빙혼마고가 소리친 '언제까지 그럴 작정이냐, 대장이 너를 기다리고 있는데!'라는 말에 석정은 광분 상태에서 벗어나 스스로 정신을 차리게 되었다.

"그러니 석정 이 녀석이 얼마나 너를 생각하는 게냐 말이다."

빙혼마고는 강만리를 향해 그간의 사유를 간략하게 설명하면서 빙긋 미소를 지었다.

강만리는 웃을 수가 없었다.

어찌 저 어리석고 멍청하며 단순하고 순진한 녀석을 보며 웃을 수 있겠는가.

그 애절할 정도로 맹목적인 충성심 앞에서 어찌 아무런 일 없다는 듯이 밝은 표정으로 웃을 수 있겠는가.

강만리는 그들이 포두와 포쾌였던 시절, 석정이 강만리 모르게 뒷돈을 챙겼다는 것도 알고 있었다. 또 강만리는 석정이 아무도 모르게 예예를 짝사랑했다는 사실도 알고 있었다.

그리고 석정이 그 누구보다도 자신을 좋아하고 존경한다는 것 역시 강만리는 너무나도 잘 알고 있었다.

그래서였다.

그는 일부러 활짝, 훨씬 더 크게 웃으며 석정을 반겼다.

"정말 네 도움이 컸다! 석정, 네 녀석이 아니었더라면 이렇게까지 완승할 수 없었을 게다. 고맙다. 이게 다 네 덕분이다."

강만리의 칭찬을 받은 석정은 눈빛을 반짝이며, 하지만 괜히 쑥스럽고 멋쩍다는 표정을 지으며 머리를 긁적였다.

"제가 한 게 뭐가 있겠습니까? 다 대장이 하라는 대로 했을 뿐인데요. 그래도 오래간만에 대장의 칭찬을 들으니 기분이 좋기는 좋네요. 아 참, 그런데 형수는 안 보이십니다? 어디 가셨습니까?"

석정은 눈을 동그랗게 뜨고 물었다.

강만리의 가슴 한쪽이 아파 왔다.

사천당문으로 가던 길에 그들과 마주쳐서 다시 이곳으로 돌아오는 도중, 강만리는 석정에게 예예가 지금 북해빙궁에 머물러 있다는 설명을 다섯 번이나 해 주었다.

하지만 안타깝게도 석정의 기억력은 예전 같지 않았다. 이야기를 들은, 바로 그 자리에서 잊는 건 아니었지만 그가 기억하는 시간은 결국 한나절, 혹은 하루나 이틀이 한계였다.

완벽한 독인은 그야말로 무적에 가까운 존재였다.

금강불괴에 가까운 신체와 만독불침의 경지에 이르렀으니 그 무엇으로도 독인을 죽이기 힘들었다.

조금 전 정파의 노기인들이 그렇게 전력을 다해 석정을 치고 때리고 베고 찔렀지만 지금 그의 몸에 상처 하나 남지 않은 까닭이 바로 그런 이유에서였다.

반면 독인의 모든 건 치명적인 극독이었다. 손톱과 이는 물론이고 심지어 침과 정액마저 사람을 녹일 수 있는 극독이었다.

한 번 독인이 되면 그 누구와 술잔을 나눌 수 없었고, 그 누구와도 잠자리를 가질 수 없었다. 인간의 삶을 포기하게 되는 것이었다.

사람의 몸으로 독인이 된다는 건 그런 것이었다.

기억력의 감퇴라든지, 광분이라든지 하는 여러 가지 단점들은 차라리 사소한 문제라고 할 수 있었다.

온전하게 평범한 사람의 삶을 살아갈 수 없다는 것. 바로 그게 독인의 가장 큰 단점이었다.

"하지만 너무 걱정하지 마시게."

당운보가 강만리의 어깨를 두드리며 위로하듯 말했다.

"석정이 독중지체(毒中至體)가 된다면, 그리하여 독왕(毒王)이나 독성(毒聖)의 경지에 이르게 된다면 그 무수한 단점과 문제점들이 모두 사라질 터이니."

강만리는 당운보를 돌아보며 물었다.

"그럼 독중지체가 된 사람이 존재합니까?"

"그, 그건……."

당운보가 말꼬리를 흐렸다. 강만리는 저도 모르게 한숨을 내쉬었다. 당운보가 서둘러 말했다.

"최소한 한 명 정도는 있었다네. 일개 병사(兵士)의 몸이었다가 남만(南蠻)의 기연을 얻어 절대독종(絕對毒宗)이 된 분이 계시기는 하다네."

"수천 년 무림사(武林史)를 통틀어서 말씀입니까?"

"으음. 그, 그야……."

"알겠습니다. 어쨌든 석정을 이렇게나마 치료해 주셔서 정말 감사합니다."

강만리는 진심으로 그렇게 말했다.

바로 그때였다.

"그나저나 이제 저들은 어떻게 처리할 작정이십니까?"

화군악이 끼어들며 화제를 돌렸다.

"약속대로 다 살려 줄 생각이십니까? 아니면……."

문득 강만리의 시선이 한 곳을 향했다.

이십여 명의 노인과 수십 명의 복면인, 그리고 천소유가 그곳에 서 있었다. 얼마나 치열하게 싸웠는지 노기인들의 전신은 피투성이가 되어 있었다.

강만리는 힐끗 장예추를 바라보았다.

강만리는 조금 전 장예추가 홀로 적진 한가운데로 뛰어들어 천소유와 뭔가 대화를 나눈 장면을 기억하고 있었다. 그러니 어쩌면 저들에 대한 처리는 장예추에게 맡기는 것이 가장 좋은 방법이 아닐까 하는 생각이 들었다.

하지만 역시 세상 모든 일은 강만리의 생각대로 움직이

지 않았다.

 산어귀 쪽에서 마치 지금 이 순간을 기다렸다는 듯이 한 무리의 사람들이 강만리가 있는 공터를 향해 날아오르고 있었다. 바로 십삼매가 이끄는 황계의 원군들이었다.
"사부!"
 멀리서 소자양의 목소리가 들려왔다.
"강 사부! 제자가 왔습니다!"
 야래향과 빙혼마고의 눈이 휘둥그레졌다.
"아니, 자네가 제자를 들였다는 소리는 하지 않았잖은가?"
"아, 그게……."
 강만리는 쑥스럽다는 듯이 엉덩이를 긁적이며 말했다.
"조금 더 상황이 정리되었을 때 말씀드리려 했습니다. 그러니까 저 녀석은……."
 저 녀석, 소자양은 언제 몰골이 초췌하고 피골이 상접해 있었냐는 듯이 건강한 모습으로 단숨에 산을 뛰어 올라와 강만리를 향해 큰절을 올렸다.
"보고 싶었습니다, 사부!"
 강만리는 당황해하며 얼른 소자양을 부축해 일으켰다.
"큰절까지 하지 않아도 되지 않느냐?"
 그의 나무람에 소자양이 울먹거리며 말했다.
"하지만 사부를 뵙자마자 큰절을 드리고 싶었습니다."

야래향이 감탄했다.

"누구와는 전혀 다르구나. 그 누구는 나를 보자마자 껴안고 볼에 입을 맞추던데 말이다."

화군악이 살짝 얼굴을 붉히며 대꾸했다.

"큰절보다 그게 훨씬 더 사부를 사랑하는 표현이거든요?"

소자양은 그제야 정신을 차리고 주변 사람들을 둘러보며 물었다.

"이분들은 도대체 누구이십니까?"

"아, 인사하거라. 이분들은 화 숙부의 사부이자, 우리들이 모친처럼 모시는 야래향, 그리고 빙혼마고라는 분이시다."

일순 소자양의 눈이 커다랗게 변했다. 그는 두 여인을 향해 큰절을 올리며 말했다.

"아, 그 말로만 전해 듣던 두 할머님이시군요. 저는 축융문의 소자양이라고 합니다. 앞으로 많은 가르침을 부탁드립니다."

빙혼마고가 눈살을 찌푸렸다.

"할머님이 뭐냐?"

"하, 하지만……."

"그냥 사고(師姑)라고 부르면 된다. 앞으로 내내(奶奶)의 내(奶) 자도 입에 올리면 안 된다. 알겠느냐?"

독중지체(毒中至體) 〈269〉

그녀의 싸늘한 엄명에도 불구하고 자리에 엎드린 소자양은 억울하다는 듯이 입을 열었다.

"하, 하지만 사고라고 부르면 배분의 문제가……."

사고는 곧 사부의 사매나 사저(師姐)를 지칭하는 단어였다. 그러니 빙혼마고를 사고라고 부른다면 빙혼마고와 강만리, 화군악을 같은 배분으로 두는 일이었다.

강만리가 피식 웃으며 말했다.

"괜찮다. 어차피 두 어르신께서는 배분이니 서열이니 하는 걸 크게 중요하게 생각하지 않으시니까 말이다."

강만리의 말에 소자양이 고개를 조아리며 대답했다.

"알겠습니다. 앞으로 두 분을 사고라고 부르겠습니다."

"흥. 내가 일부러 엄하게 말할 때는 꼬박꼬박 제 할 말을 이어 나가더니……."

빙혼마고가 코웃음을 치며 말했다.

"여기 석정만큼이나 너를 따르는 녀석이 또 있었구나."

강만리는 어색하게 웃으며 대답했다.

"워낙 인망(人望)이 좋은 걸 어쩌겠습니까?"


3. 입 맞춰 줘

소자양의 합류로 분위기는 우당탕, 어수선해졌다.

그게 전부가 아니었다.

미처 서로 소개가 다 끝나기도 전에 십삼매와 황계의 고수들이 달려왔다.

젊은 사내의 품에 안긴 채 모습을 드러낸 십삼매가 곧 지면에 내려섰다. 표정 변화가 없이 수수하고 평범하게 생긴 그 사내는 언제 그녀를 안고 왔냐는 듯 조용하게 사람들 사이로 숨어들었다.

"예상대로 시간을 딱 맞춰서 왔군그래."

강만리가 짜증 난다는 듯이 투덜거렸다. 십삼매는 활짝 웃으며 말했다.

"오라버니 속내가 훤히 들여다보인 것 같아서 기분이 나쁘셨나 보네요."

"그래. 기분 나쁘다. 미리 말도 맞추지 않았는데 어찌 알고 왔느냔 말이지."

"그야 여러 곳에서 정보를 들었으니까요."

십삼매는 사랑하는 연인을 바라보듯 애정 담뿍 담긴 눈길로 강만리를 바라보며 말했다.

사실 겉으로 보면 평온하고 느긋하며 여유가 넘쳐 보이는 그녀였지만 속사정은 전혀 그렇지 않았다.

대읍현의 외곽 폐찰에서 패주한 황계의 고수들이 속속들이 십삼매에게로 돌아왔을 때만 하더라도 그녀는 지금의 천소유에 못지않은 공황 상태가 되었다.

그나마 초췌한 몰골의 소자양이 그녀를 찾아온 게 행운이었으며, 그 소자양이 가지고 온 축융문의 폭약은 곧 새로운 기회가 되었다.

십삼매는 곧바로 무영을 불렀다.

이른바 황계의 총관(總管)이라 할 수 있는 무영은 끌어올 수 있는 마지막 한 방울의 전력까지 모두 동원하였다. 그리하여 대륙 전역에 퍼져 있던 황계의 고수들을 제외한 모든 병력이 그렇게 소집되었다.

한편으로 십삼매는 사천 일대의 모든 정보망을 이용하여 강만리의 행방을 수소문했다. 때마침 사천당문 주변을 염탐하고 있던 정보꾼 몇몇이 화군악 일행과 강만리가 조우하는 걸 목격했고, 그들이 곧바로 무천산으로 향한다는 정보를 알려 왔다.

"분명히 강 오라버니 혼자라고 했어요?"

십삼매의 물음에 무영이 공손하게 대답했다.

"네. 그리 전해 들었습니다. 반면 화군악 측에는 장예추와 야래향, 빙혼마고, 거기에 독종주 당운보와 그의 시종, 그리고 석정까지 포함되어 있다고 합니다."

"독종주야 빙혼마고와 혼인했으니까 그렇다 치고. 석정 오라버니도 이제 강호에 나설 정도로 회복한 모양이네요."

"겉으로 보기에는 일반 사람과 전혀 달라 보이지 않는

다고 합니다."

"설마 독중지체의 경지에 오른 건 아닐 테지요?"

"그건 확실하지 않습니다만…… 아무래도 그 경지까지 오르기에는 석정의 기본 자질부터가 현격히 떨어져서……."

"으음. 그건 나중에 확인해 보면 알게 되겠죠."

십삼매는 고개를 끄덕이며 말했다.

"어쨌든 강 오라버니 혼자라면, 아무래도 다른 사람들 중 누군가 큰 부상을 입은 게 분명하겠네요. 그리고 지금 그들의 행선지가 무천산이라면, 역시 그곳 어딘가에 몸을 숨긴 채 부상을 치료하는 중일 테고요."

십삼매는 마치 당시 상황을 본 것처럼 정확하게 이야기하고 있었다.

"백팔원로와 무림십왕은 여전히 그들의 뒤를 쫓고 있을 테니까…… 아무래도 역시 무천산에서 마지막 결전이 벌어질 것 같군요."

거기까지 말한 십삼매는 고개를 들어 무영을 바라보며 물었다.

"그럼 강 오라버니가 무천산에 당도할 때까지 얼마나 걸릴 것 같나요?"

"보고가 전해진 날짜까지 생각해 본다면…… 내일 정오 무렵이 되지 않을까 싶습니다."

십삼매는 무영의 대답을 듣고 손가락을 꼽았다. 그제야 비로소 그녀는 입가에 가느다란 미소를 머금은 채 고개를 끄덕였다.

"다행이네요. 지금 바로 출발한다면 딱 때맞춰 도착할 수 있을 것 같아요."

 그리고 정확하게 이날 정오 무렵, 십삼매와 무영이 이끄는 황계의 고수들은 때맞춰 무천산 어귀에 당도할 수 있었다.

 서둘러 무천산 어귀에 들어서는 그들의 시야에, 때마침 황급히 산에서 도망치는 노기인들의 모습이 들어왔다.

 무영의 품에 안긴 채 이동하고 있던 십삼매는 전혀 망설이지 않고 소리쳤다.

"모두 주살하세요! 아낌없이 폭약을 사용하세요!"

 강만리 일행에게 원군이 있을 줄 몰랐던 노기인들은 새롭게 등장한 황계의 고수들과 소자양의 폭약에게 결국 일망타진당했고, 십삼매는 그렇게 위풍당당한 모습으로 강만리 앞에 나타날 수가 있었던 것이었다.

\* \* \*

"그럼 이제 저들을 어떻게 하죠?"

 화군악이 힐끗 고개를 돌려 천소유 쪽에 몰려 있는 노

인들과 복면인들을 바라보며 재차 물었다.

비록 항복하고 무기를 내던지기는 했지만 그들의 수는 아직도 백여 명이 넘어 보였다. 만약 그들을 몰살시키고자 한다면 이쪽 역시 적잖은 피해를 감수해야만 할 터였다.

"살려 준다고 약속했으니까."

강만리의 말에 당운보가 살짝 곤란하다는 표정을 지으며 입을 열었다.

"하지만 이대로 살려 보낸다면 아무래도 문제가 되지 않겠는가? 태극천맹이나 오대가문에게 아직은 비밀로 하고 싶은 것들이 많은데 말일세."

"살려 보내지는 않을 겁니다."

"음? 방금 살려 준다고 약속했다고 하지 않았나?"

"아, 네. 목숨은 살려 줄 겁니다. 하지만 그래도 살려 보내지는 않을 생각입니다."

"으음, 그게······."

"인질로 삼거나 포로로 잡겠다는 말이에요, 여보."

여전히 당운보가 강만리의 말을 이해하지 못하자, 보다 못한 빙혼마고가 나서며 설명했다.

"태극천맹의 지저갱 같은 곳에 저들을 가둘 생각인 게죠. 적어도 우리의 비밀이 세상에 얼마든지 알려져도 상관없다 싶을 때까지는요."

"맞습니다. 딱 그럴 생각입니다."

빙혼마고의 말에 강만리가 고개를 끄덕였다.

"그러기 위해서는 우선 무공을 펼치지 못하도록 점혈부터 한 다음, 백여 명의 인원을 안전하게 가둘 곳을 찾아야겠죠."

강만리는 곁눈질로 십삼매를 힐끗거리며 말했다. 십삼매가 얕은 한숨을 쉬며 빙긋 웃었다.

"부탁이라면 그렇게 훔쳐보지 말고 정면으로 보면서 말씀하세요. 이왕이면 저도 기분 좋게 들어 드릴 수 있도록 말이에요."

"부탁은 무슨. 어차피 황계가 해야 할 일인데 말이지."

"어차피 할 일이라고 하더라도 기분 좋게 하는 게 훨씬 좋지 않겠어요?"

"으음. 그래, 부탁하네."

"얼마든지요."

십삼매의 말을 당하지 못한 강만리가 결국 그녀를 정면으로 바라보며 부탁했고, 그녀는 활짝 웃으며 고개를 끄덕였다.

화군악이 조금은 걱정스럽다는 표정을 지으며 입을 열었다.

"그런데 말입니다. 저 오만하고 체면을 중시하는 늙은이들이 순순히 점혈 당하고 포박까지 당하려 할까요?"

일리 있는 지적이었다.

노기인들, 특히 백도 정파의 노기인들은 확실히 오만하고 자긍심이 강하며, 무엇보다 체면을 중시하는 자들이었으니까. 그들의 자존심을 다치지 않게 하면서 점혈하는 일은 절대 쉬운 게 아니었다.

"그건 뭐……."

강만리는 고개를 돌려 천소유를 바라보았다. 저 멀리 보이는 천소유는 뭔가 깊은 고민에 빠진 듯 심각한 표정을 짓고 있었다.

"저 여인의 지휘력과 위상이 얼마나 대단하느냐에 따라서 갈라지겠지."

혼잣말처럼 중얼거린 강만리는 곧 장예추를 돌아보며 말했다.

"네가 가서 그녀를 만나고 설득해 봐."

"제가요?"

장예추가 의외라는 표정을 짓자 강만리는 어깨를 으쓱거리며 말했다.

"그래도 네가 나보다는 낫지 않을까 싶어서. 그녀를 설득하기에는 말이다."

"글쎄요. 제 생각은 전혀 다른데요."

장예추는 난감한 표정이었지만 강만리의 재차 이어지는 권유에 어쩔 도리가 없다는 듯 고개를 끄덕였다.

장예추는 곧바로 천소유를 향해 다가갔다. 그녀의 주변에 모여 있던 노기인들이 한순간 살기를 끌어올리며 눈을 부라렸지만 별다른 소동 없이 장예추는 그들을 지나쳐 갔다.

하지만 곧 천소유를 호위하던 복면인들이 장예추의 앞길을 막았다. 장예추는 말없이 천소유를 바라보았다. 천소유가 입술을 깨물다가 입을 열었다.

"길을 열어 주세요."

복면인들은 실짝 망설이다가 장예추가 지나갈 수 있도록 한쪽으로 비켜섰다. 장예추는 사방에서 쏟아지는 살기를 느끼면서 그녀에게 다가갔다.

천소유가 물었다.

"우리를 인질로 삼을 생각이야?"

장예추는 나지막한 소리로 대꾸했다.

"한동안만."

"당신들의 비밀이 세상에 알려져도 상관없을 때까지?"

장예추는 내심 뜨끔했으나 겉으로는 침착하게 말했다.

"그런 셈이오."

"그래서, 별다른 소동 없이 일이 진행되도록 내게 부탁하려는 거야? 노기인들이 스스로 내공을 봉인하도록 말이지?"

"확실히 그렇소."

"그게 가능한 부탁이라고 생각해? 나나 어르신들 모두에게?"

"모두 가능하다고 생각하오. 적어도 천 누이는……."

"웃기지 마. 누가 네 누이지? 네가 감히……."

천소유가 발작하려는 순간 장예추는 빠른 어조로 자신의 말을 이어 나갔다.

"어쨌든 당신은 이 자리에서 몰살당하기를 원치 않을 테니까. 또 아무리 자존심이 강하고 콧대 높은 늙은이들이라지만 당신 말은 따를 테니까."

천소유는 가만히 장예추를 노려보았다. 장예추는 그녀의 눈을 피하지 않았다.

한참을 노려보던 천소유는 문득 길게 한숨을 내쉬더니 훨씬 더 차갑고 냉정하게 가라앉은 표정을 지으며 말했다.

"좋아. 약속해 줘. 무슨 일이 있더라도 반드시 우리를 살려 둘 거라고."

장예추가 고개를 끄덕였다.

"우리 말에 순순히 따른다면 죽일 이유가 하나도 없소."

"아니, 확답해 줘야 해. 스스로 내공을 봉인하고 인질이 되면 반드시 살려 둘 거라고 말이야."

"그리하겠소. 장예추라는 이름에 맹세하오."

장예추의 확답을 듣고 난 후에도 천소유는 여전히 그를

노려보며 말했다.

"그럼 내게 입 맞춰 줘. 그게 내 조건이야."

일순 장예추는 내심 크게 당황했다. 물론 그녀가 조건을 내세울 거라고는 예상했지만 이렇게 엉뚱한 이야기를 할 줄은 전혀 몰랐던 까닭이었다.

"괜찮겠소?"

"상관없어. 마지막 입맞춤이니까."

그녀는 서리가 풀풀 내리는 목소리로 말했다. 장예추는 그녀를 잠시 바라보다가 천천히 그녀의 입술에 입을 맞췄다.

두 남녀의 입술이 닿는다 싶은 순간 천소유가 갑자기 입을 벌리며 장예추의 입술을 깨물었다. 장예추의 아랫입술이 터져 피가 흘러나왔다.

천소유는 그제야 만족했다는 듯 입술을 떼며 제 입술에 묻은 장예추의 피를 핥았다.

"이 피 맛, 절대 잊지 않을 거야. 끝까지 살아남아서, 언제고 반드시 다시 맛볼 피니까 말이지."

천소유는 활짝 웃으며 말했다.

하지만 그렇게 웃는 그녀의 눈빛은 한없이 차갑고 메말라 있었다.

## 4. 죽음보다 비장(悲壯)한 삶

 어이가 없을 정도로 처참한, 완벽한 대패였다. 말 그대로 전원이 몰살당하지 않은 게 기적이라고 생각할 정도의 참패였다.
 도대체 왜 이렇게 되었을까.
 삼백여 고수를 이끌고 이곳으로 달려올 때만 하더라도 천소유는 외려 무림오적의 몰살을 기대했고, 그럴 자신감으로 넘쳐 있었다.
 이쪽은 무림십왕 중 일곱 명-먼저 추격을 나선 네 명까지 포함하여-이나 있었고, 백팔원로에다가 백도의 노기인들까지 합치면 아직도 백여 명에 이르는 절정고수들이 있었다.
 이 정도 인원이라면 설령 공적십이마 열두 명과 붙는다고 할지라도 반드시 이길 수 있는 전력이었다. 전력은 과할 정도로 넘쳐 났다.
 하지만 천소유는 우선 상대가 지닌 폭약의 위력을 간과했다. 축융문의 폭약은 소문 이상으로 무시무시한 위력을 선보였다. 그 폭약에 무림십왕 중 한 명과 수십 명의 노기인들이 목숨을 잃고 말았으니까.
 게다가 사천당문의 독종주라니.
 사천당문의 독은 그 두렵고 공포스러운 위력도 위력이

지만, 무엇보다 아군의 사기를 철두철미하게 꺾었다는 게 큰 문제였다.

 독종주 당운보의 주변으로는 누구 하나 감히 접근할 수 없었고, 그가 손을 살짝 흔드는 시늉을 할 때마다 아군들은 지레짐작 겁에 질려 황급히 몸을 피하고 물러나야만 했다.

 거기에 느닷없이 등장한 독인은 음양마라강시보다도 더 지독했고 무서웠고 두려운 존재였다. 그의 손에 걸리는 족족 아무리 절정고수라고 할지라도 손발이 부러지고 찢어지고 극독에 중독된 채 그 자리에서 목숨을 잃었다.

 얼마나 독인의 위력이 무시무시했느냐 하면, 그 독인에 비하자면 야래향과 빙혼마고의 가세는 외려 그리 대단할 게 못 될 정도였으니까.

 천소유는 주위를 둘러보았다.

 자신의 곁에는 아직도 오륙십 명의 비선 무리가 있었고, 백팔원로와 노기인들 역시 사오십 명 정도가 남아 있었다. 즉, 여전히 천하를 호령할 수준의 무위를 지닌 백여 명의 고수가 존재했지만 이제는 소용없었다.

 그들의 사기는 이미 쑥대밭이 되어 있었고 항전의 의지보다 목숨을 구걸하는 욕구가 더 강렬한 상태였다. 더는 싸울 수가 없게 된 것이었다.

 내심 한숨을 쉬면서 주위를 둘러보던 천소유의 눈빛이

어느 한순간 가볍게 반짝였다.

'음? 왜 안 보이시지?'

그러고 보니 무정검왕 목부강의 모습이 보이지 않았다. 조금 전 난전 와중에 목숨을 잃고 저 수많은 시신 어딘가에 나동그라진 건 아닐까 하고 샅샅이 훑어보기도 했지만, 결국 천소유는 그의 모습을 찾지 못했다.

설마, 어쩌면 난전 와중에 홀로 목숨을 구하기 위해 아무도 모르게 도망친 것일까?

천소유의 눈빛이 다시 한번 반짝였다.

만약 그의 도주가 사실일 경우, 비난과 조롱을 받기에 충분한 일이었다.

그러나 지금은 일반적인 상황이 아니었다. 누군가 반드시 살아서 축융문의 폭약과 독인의 존재와 사천당문의 합류에 대해 상부에 보고해야만 했다.

그런 의미에서 보자면 무정검왕 목부강은 지금 자신에게 남겨진 마지막 임무를 완수하기 위해 견딜 수 없는 치욕을 감수한 채 아무도 몰래 혼자 도망치고 있는 것이리라.

그렇게 짐작한 천소유는 내심 안도의 한숨을 내쉬었다.

'한 명이라도 이곳을 빠져나갈 수 있다면…… 그나마 모든 걸 진 건 아니야. 미처 준비하지 못했기에 제대로 대응하지 못한 것일 뿐, 축융문의 폭약이나 사천당문의

독이 무적은 아니니까 말이야.'

천소유가 그렇게 심각한 표정을 지으며 생각하고 있을 때, 논의를 마친 강만리 무리에서 장예추가 걸어왔다. 천소유는 이를 갈았다.

'그래. 네가 나를 설득하러 오는구나.'

장예추가 다가오는 동안 천소유의 뇌리에는 오만 가지 생각이 떠올랐다가 사라졌다. 결국 장예추가 마주 서는 순간 그녀의 뇌리에 마지막으로 떠오른 건 역시 '반드시 살아남아야 한다'라는 생각이었다.

무정검왕이 사라졌다는 걸 알게 된다면 저들이 우리를 살려 둘 이유가 없었다. 그러니 무슨 일이 있더라도 우리의 목숨을 빼앗지 않겠다는 확답을 반드시 들어야 했다.

천소유는 그렇게 결심하며 장예추를 맞이했다.

\* \* \*

결국 장예추는 천소유를 설득했기에 만족하고 돌아갔다. 천소유는 원하는 확답을 들었기에 또 만족했다.

이제 남은 건 천소유가 노기인들과 복면인들을 설득하는 일이었고, 그것은 꽤 힘든 작업이었다. 어쨌든 저들의 포로가 된다는 건 그들의 자존심과 체면과 자긍심이 무너지는 일이었으니까.

하지만 의외로 노기인들은 순순히 천소유의 말을 따랐다. 노기인들은 천소유와 장예추가 나눴던 대화를 모두 엿들었고, 그때 그녀가 마지막으로 했던 말이 그들의 마음을 움직였던 까닭이었다.

-끝까지 살아남아서, 언제고 반드시 다시 맛볼 피니까 말이지.

그랬다.
끝까지 살아남아야만 언제고 반드시 다시 복수할 수 있었다. 순간의 체면과 자존심을 위해 목숨을 버리게 된다면 복수는 영원히 할 수가 없게 되는 것이다.
굳이 청산의 땔감 운운하지 않더라도 복수를 위해서는 끝까지 버티고 살아남아야 했다.
저 옛날 무뢰배들의 가랑이 사이를 기어 지나갔던 한신처럼 치욕과 수치와 부끄러운 감정을 자양분 삼아서 분노와 증오를 더욱 키워 내고, 그것을 바탕으로 훗날 반드시 놈들에게 복수하는 것. 그게 죽음보다 비장(悲壯)한 삶이 되는 것이었다.
노기인들은 순순히 자신들의 혈도를 짚어 스스로의 내공을 봉인했다. 복면인들도 하나둘씩 그들을 따라 혈도를 짚었다.

지켜보고 있던 황계의 고수들이 일일이 그들의 상태를 확인한 후 포박했다. 순식간에 백여 명에 달하는 포로가 생겼다.

강만리는 흐뭇한 눈길로 그 광경을 지켜보았다.

태극천맹의 한 기둥이라 할 수 있는 백팔원로가 붕괴하는 광경이었다. 이제 태극천맹이나 오대가문과 정면으로 부딪쳐 싸워도 지지 않을 것 같은 자신감이 그의 마음속에서 모락모락 피어올랐다.

'이게 모두 축융분의 폭약과 사천당문의 독 덕분이다. 하지만 폭약과 독이 이 정도의 위력을 보인 건 저들이 미처 모르고 있었고, 미처 대비하지 못했기 때문이다. 만약 그들이 이 사실을 알게 된다면 제대로 대비할 테고, 그러면 또 상황이 달라질 게다. 그러니 어쨌든 저들이 알게 되는 시기를 최대한 늦춰야 한다.'

강만리는 그렇게 생각하면서 주위를 둘러보다가 문득 저도 모르게 께름칙하다는 기분이 들었다.

돌이켜 보니 자신의 예상보다 천소유의 반응이 너무나도 태연했다. 아무리 반드시 살아남아 복수하겠다는 각오라 할지라도, 장예추에게 목숨을 구걸하듯 몇 번이고 확답을 요구했다는 것도 수상쩍었다.

'음? 뭔가 놓치고 있는 게 있는 것 같은데?'

강만리는 내심 고개를 갸웃거리며 재차 주위를 둘러보

았다.

 황계의 고수들이 여기저기 흩어진 시신들을 한데 모아서 치우는 장면이 그의 눈에 들어왔다. 천하를 호령하던 노고수들의 마지막 모습이라고 하기에는 믿어지지 않을 정도로 처참한 시신들이었다.

 '지금 내가 뭘 놓치고 있는 거지?'

 알 수 없는 불안한 예감에 강만리의 마음이 초조하고 다급해지던 그 순간, 곁에 있던 담우천이 차분한 어조로 중얼거리듯 말했다.

 "무정검왕의 모습이 보이지 않는군."

 순간, 강만리의 얼굴이 일그러졌다.

10장.
# 무림전쟁(武林戰爭)

사부.
라는 말을 굳이 꺼낼 필요는 없다고 생각했다.
그래서 담우천은 목구멍까지 치솟아 올랐던
그 단어를 억지로 집어삼켰다.
그리고 전심전력(全心全力)으로,
다른 상념은 전혀 떠올리지 않은 채
오로지 눈앞의 검에 모든 걸 집중했다

# 무림전쟁(武林戰爭)

## 1. 청출어람(靑出於藍)

'패배다.'

절대권왕 조동립이 당운보의 하독에 목숨을 잃는 광경을 지켜보면서 무정검왕 목부강은 그렇게 생각했다.

일곱 명의 무림십왕 중에서 남은 자는 목부강뿐이었다. 그리고 담우천과의 일전으로 내상을 입은 목부강은 저 독중주 당운보의 하독을 막을 자신이 없었다.

사천당문의 가세는 그야말로 치명적인 일이었다. 당운보의 독과 저 정체를 알 수 없는 독인 앞에서 백여 명의 노기인은 속수무책으로 당할 수밖에 없었다.

이제 남은 건 두 가지 경우뿐이었다. 이대로 싸우다가

몰살을 당하느냐, 아니면 비록 구차하지만 각자도생하여 차후를 도모하느냐 하는 것.

'가장 중요한 건 사천당문과 소림사, 무당파들이 무림오적과 손을 잡았다는 정보다. 그걸 태극천맹과 오대가문에게 알려야 한다.'

목부강은 천천히, 아무도 모르게 혼란의 아수라장 속에서 몸을 빼내 뒤로 물러났다.

그야말로 아비규환의 참상이 벌어지는 아수라장이었다. 목부상이 수위를 살피며 신중하게 물러서는 걸 눈치챈 이는 아무도 없었다.

'사천당문과 소림사, 무당파가 합류했다는 건 곧 신주오대세가와 구파일방 전체가 합류한다는 의미. 이러다가 자칫 또 다른 무림전쟁(武林戰爭)이 발발할지도 모른다.'

뒤늦게 가담한 야래향과 빙혼마고의 활약을 지켜보던 목부강의 얼굴이 딱딱하게 굳어졌다.

이번에는 정사대전(正邪對戰)이 아니었다. 백도정파가 둘로 갈라진 전쟁이었으니, 정의를 지키고 사마외도를 척살하겠다는 명분과 대의도 없었다.

무엇보다 목부강은 전쟁이라는 게 얼마나 무섭고 두렵고 추악하고 비열한 참극인지를 경험한 자였다.

전쟁은 없어야 했다. 두 번 다시 일어나지 않아야 했다. 무엇보다 더는 젊고 어린 영웅들이 그런 쓸데없는 전쟁으로 목숨을 잃는 일이 없어야 했다.

 자신들의 경험과 연륜을 후대에게 전해 줄 의무가 있는 늙은 영웅들이 한 줌 연기가 되어 사라지는 일이 없어야 했다.

 목부강을 비롯한 무림십왕, 그리고 수많은 노기인들이 굳이 지하로 숨어든 공적십이마와 구천십지백마백사를 쫓던 것도 그들이 다시 세력을 끌어모아 새로운 전쟁을 야기하지 못하도록 하고자 함이 아니었던가.

 그러니 싹이 트고 자라기 전에 잘라야 했다. 아직은 사천당문과 소림사, 그리고 무당파뿐이었다. 거기에 남궁세가나 모용세가, 화산파나 개방이 합류하기 전에, 저 무림오적으로 대표되는 자들을 없애야 했다.

 그래서 목부강은 자신만이라도 살아서 도주해야 한다고 결심했다. 살아서, 태극천맹과 오대가문에게 지금 상황을 제대로 전해야 했다.

 폭약과 독은 모르고 대비하지 않았을 때는 지금처럼 낭패를 보게 되겠지만, 알고 대비한다면 절대 못 막을 게 아니었으니까.

 목부강은 눈치를 살피며 조금씩 조금씩 뒤로 물러서다가, 마침내 때가 되었다 싶은 순간 빠르게 경공술을 펼쳐 그 자리를 벗어났다.

 완쾌되지 않은 내상 속에서 내공을 끌어올린 건 확실히

무리였다. 산 아래로 경공술을 펼치며 빠르게 도주하는 목부강의 안색은 생각보다 창백했다.

하지만 절대 멈출 수는 없었다. 태극천맹의 본산에 당도하기 전까지는, 반드시 지금 이 속도로 내달려야 했다.

그는 절정의 속도로 경공술을 펼치며 산을 탔다. 비스듬한 산기슭을 단번에 뛰어넘고 요란하게 흐르는 계곡물 위로 날아올랐다.

햇빛은 유난히 뜨거웠고 눈부셨다. 하늘은 맑았으며 구름 한 점 보이지 않았다. 어제까지만 하더라도 한 치 앞이 보이지 않을 정도로 자욱하게 안개가 깔렸다는 게 믿어지지 않을 정도로 화창한 날씨였다.

이윽고 무천산을 벗어난 목부강은 그제야 한숨을 돌리며 주변을 둘러보았다.

태극천맹으로 향하는 지름길은 관도(官道)가 아니었다. 저 동북쪽으로 길게 늘어서 있는 산봉우리들을 곧장 넘어가는 것, 그게 며칠이라도 시간을 단축하는 지름길이었다.

방향을 잡은 목부강은 다시 지면을 박차고 날아올랐다.

아니, 날아오르려 했다.

"마무리를 짓고 가셔야 하지 않겠습니까?"

묵직한 목소리가 목부강의 등 뒤에서 들려왔다. 목부강

은 막 지면을 박차려던 발에 힘을 빼며 한숨을 내쉬었다.
"어렸을 때는 참 귀엽기만 했었는데 말이지. 이렇게 지독하고 끈질긴 성격으로 바뀌다니."
"다 목 교두를 비롯한 여러 어르신들 덕분입니다."
목부강은 천천히 몸을 돌렸다.
바로 그의 뒤에는 언제 따라붙었는지 담우천이 우뚝 서 있었다. 담우천의 안색 또한 목부강과 다를 바 없이 파리하고 창백했다.
"그 몸으로 나를 이길 수 있다고 생각하나?"
목부강이 검을 꺼내 들며 물었다. 담우천은 고개를 끄덕이며 검을 빼 들었다.
"물론입니다. 지금이야말로 제 진정한 실력을 보여 드릴 수 있으니까요."
담우천에게는 특별한 사부가 없었지만 굳이 손꼽으라면 바로 이 눈앞의 목부강이라 할 수 있었다. 검에 관한 한, 모든 기초와 근본이 되는 걸 그에게 배우고 익혔으니까.
"솔직히 말하자면 청출어람(青出於藍)처럼 듣기 싫은 말이 없지."
목부강은 희미한 미소를 지으며 말했다.
"사부는 언제까지나 제자보다 앞서 있어야 하니까. 자신의 등을 보고 따라올 수 있도록 해야 하니까. 그게 사부의 긍지이자 자존심이며 책임이니까."

담우천은 목부강의 이야기를 들으며 천천히 내력을 끌어올렸다.

"그런데 청출어람이라니, 사부가 제자의 등을 보고 따라가는 건 영 마음에 들지 않거든. 아직도 내가 네게 가르쳐 주고 보여 줄 게 많다고 생각하니까 말이다."

"이제 다 보여 주셔도 됩니다."

담우천이 쥔 검극이 천천히 회전하기 시작했다. 그 회전은 바로 그가 익힌 최고의 절기인 일원검의 기수식이라 할 수 있었다.

그러는 한순간, 목부강의 몸이 검과 하나가 되었다. 신검합일한 검이 입을 열어 말했다.

"그러면 다 보여 줄 터이니 하나도 놓치지 말고 똑똑히 지켜보게나."

담우천이 묵직하게 대꾸했다.

"고맙습니다."

사부.

라는 말을 굳이 꺼낼 필요는 없다고 생각했다. 그래서 담우천은 목구멍까지 치솟아 올랐던 그 단어를 억지로 집어삼켰다.

그리고 전심전력(全心全力)으로, 다른 상념은 전혀 떠올리지 않은 채 오로지 눈앞의 검에 모든 걸 집중했다.

한순간 무정검왕 목부강의 검이 천지를 뒤덮듯 거대한 모습으로 담우천을 덮쳐 왔다. 동시에 담우천의 일검이 천하를 베었다.


## 2. 전쟁이 끝난 후에는

"따라잡았을까?"
 빙혼마고의 물음에 강만리가 엉덩이를 긁적이며 대답했다.
 "따라잡았을 겁니다."
 "이기겠지?"
 "이길 작정으로 따라잡았겠죠."
 "허어."
 가만히 듣고 있던 당운보가 저도 모르게 탄식했다.
 천하의 무정검왕을 이길 작정으로 따라잡다니, 도대체 담우천이라는 자의 무공이 얼마나 뛰어난 걸까. 이 무림오적이라는 자들의 무위는 또 얼마나 가공한 걸까.
 당운보는 자신의 눈앞에서 강만리와 장예추, 화군악이 싸우는 광경을 직접 보았다. 놀랍게도 그때 그들은 백여 명의 노기인을 상대로 한 치의 물러섬 없이 대등하게 싸우지 않았던가.

'어쩌면 무림십왕보다도 무림오적이 더 강한 게 아닐까.'

당운보가 그리 생각할 때였다.

"모든 준비가 끝났어요."

십삼매가 다가와 강만리에게 말을 건넸다. 강만리가 궁금하다는 듯 입을 열었다.

"그럼 저들을 어디에 가둘…… 아, 아니네. 굳이 물어볼 필요가 없지. 어련히 알아서 잘할까."

"그래도 굳이 물어보신다면 대답해 드릴 용의는 있는데요."

"아니. 모를수록 더 좋아, 이런 일은."

그렇게 말한 강만리는 문득 그녀를 향해 정중하고 진지하게 포권의 예를 갖추며 고개를 숙였다.

"도와줘서 고맙네. 임자와 황계가 아니었더라면 아주 큰 곤란을 겪을 뻔했어."

십삼매가 손사래를 쳤다.

"됐어요. 우리 사이에 무슨 그런."

"아니, 우리 사이이니까 더더욱 예를 지켜야지. 이번 도움은 꼭 기억해 두었다가 반드시 갚도록 하겠네. 그러면 이제 이쯤에서 헤어지도록 하지."

"네? 왜요?"

십삼매는 놀란 듯 눈을 휘둥그레 뜨며 말했다.

"굳이 헤어질 필요가 어디 있어요. 황계로 가서 부상당한 분들을 치료하고, 그동안 나머지 분들은 휴식을 취하면서……."

"그건 내가 알아서 할 일이네."

강만리는 무 자르듯 냉정하게 잘랐다.

"황계의 도움을 받으면 받을수록 내게는 족쇄로 돌아오거든. 그러니 최대한 도움을 받지 않는 선에서 서로 협력하는 게 가장 좋은 게야. 태극천맹과 오대가문을 무너뜨릴 때까지는 말이지."

십삼매는 가만히 강만리를 쳐다보다가 어쩔 도리 없다는 듯이 "하아." 하고 한숨을 쉬고는 고개를 끄덕였다.

"오라버니 뜻이 정 그러시다면 어쩔 수가 없죠. 하지만 앞으로도 자존심이나 체면 같은 거 생각하지 마시고 필요할 때는 언제든지 찾아와 주세요."

"그리하지."

"그러면 나중에 또 봬요."

십삼매는 곧 사람들에게 일일이 인사했다. 화군악이나 장예추는 물론 빙혼마고와 야래향, 당운보, 그리고 석정과 소자양에게도 작별 인사를 건넸다. 마지막으로 담호에게 눈인사를 건넨 십삼매는 일순 고개를 갸웃거리며 물었다.

"그러고 보니 진 당주가 보이지 않네요?"

"아."

 강만리는 그제야 비로소 미처 그녀에게 진재건의 죽음에 대해서 알리지 않았다는 사실을 깨달았다. 강만리는 침중한 목소리로 말했다.

 "죽었네. 절대권왕 조동립과 함께."

 "아아."

 십삼매는 잠시 침묵했다.

 일순 주변 분위기가 숙연하게 가라앉았다. 그러나 십삼매는 곧 활짝 웃으며 말했다.

 "그래도 절대권왕이라면 전혀 손해 보지 않은 죽음이었네요."

 "물론일세. 그것도 절대권왕 하나가 아니라 노기인들 수십 명을 함께 데려갔으니까."

 "그러면 뭐, 저승에서도 만족하고 있겠군요."

 십삼매는 그렇게 웃으며 사람들을 둘러보았다. 그녀와는 달리 사람들의 얼굴은 대부분 딱딱하게 굳어 있었다. 특히 담호는 거의 울상에 가까운 얼굴이었다.

 '마지막에는 이들 중 과연 몇이나 살아남을까?'

 십삼매는 사람들의 얼굴을 일일이 둘러보다가 문득 그런 생각을 떠올렸다.

 '그리고 나는? 나는 살아남을 수 있을까?'

 왠지 무거운 기분이 들 때였다. 무영이 언제나처럼 소

리 없이 다가와 심삼매에게 소곤거렸다.

"이제 그만 가시죠, 십삼매."

십삼매는 퍼뜩 정신을 차렸다. 그녀는 가슴 깊숙한 곳으로 스며든 어둡고 무거운 감정을 지우려는 듯 활짝 웃으며 사람들에게 작별 인사를 건넸다.

수백여 명의 황계 무사들이 좌우로 늘어선 가운데, 백여 명의 노기인과 복면인들이 줄지어 산을 내려갔다. 물론 그중에는 천소유도 있었다.

장예추는 가만히 그녀를 지켜보았다. 수차례 엇갈리는 감정의 빛이 그의 눈가에 맴돌고 있었다. 하지만 시야에서 사라질 때까지 끝끝내 천소유는 그를 돌아보지 않았다.

"그러면 우리도 슬슬 움직일까? 제법 할 일이 많으니까 말이지."

강만리의 말에 장예추도 정신을 차리며 그를 돌아보았다. 화군악이 물었다.

"그럼 맨 먼저 뭘 하실 생각이십니까?"

강만리는 당연하다는 듯이 대꾸했다.

"그야 담 형님을 만나러 가야지."

담 형님은 무천산 어귀에서 강만리들을 기다리고 있었다. 그는 평온하고 무심한, 평소의 얼굴 그대로였다.

그 얼굴을 본 강만리는 굳이 무정검왕이 어찌 되었느냐고 묻지 않았다. 표정만으로 모든 걸 알 수 있었으니까.

그렇게 담우천이 합류한 강만리 일행은 곧장 성도부로 향했다. 다들 지치고 힘들고 이런저런 부상을 입은 자들도 있었으니 화평장에서 며칠 편히 묵으며 휴식을 취하고자 함이었다.

지난번 전투로 난장판이 되었던 화평장은 깨끗하게 치워져 있었다. 십삼매가 황계 사람들을 불러서 시신들을 정리하고 무너진 벽이나 건물을 보수한 것이었다.

"빌어먹을. 여하튼 일 처리 하나는 깔끔하다니까."

강만리는 예전 그대로의 화평장을 둘러보면서 툴툴거렸다. 일을 잘하는 것까지 짜증이 나는 상대, 바로 십삼매였다. 화군악이 그를 돌아보며 소리 없이 웃었다.

일행은 화평각에 짐을 풀고 각자 자신들이 묵을 방을 정했다.

원래 그들이 머무는 거처는 서로 달랐다. 담우천은 유운각, 화군악은 청풍각에서 제 식구와 머물렀지만, 일행이 단출한 상황에서 굳이 그렇게 서로 다른 건물로 옮겨가서 묵을 필요는 없었다.

어쨌든 화평각만 하더라도 십여 개의 방이 있었고, 일행이 각각 한 명씩 방을 차지하고 사용해도 남았으니까.

다들 이번 여정이 꽤 피로했던 모양이었다. 사람들은

인사를 하는 둥 마는 둥 곧바로 제 침소로 들어가 잠들었다. 그렇게 화평장에서의 평온한 하루가 흘렀다.


3. 숨겨 둔 전력(戰力)


어제 일찍 잠자리에 들었기 때문이었을까.
 강만리는 꽤 이른 시각에 잠에서 깼다. 아직 해가 뜨기 전인지 창밖은 어슴푸레 어둠이 내려앉아 있었다.
 강만리는 가볍게 운기조식을 하고 몸 상태를 확인했다. 푹 잠을 잔 덕분인지 몸은 개운했고 기분은 상쾌했다. 이렇게 활력 넘치는 아침은 실로 오래간만이었다.
 "내가 제일 먼저 일어났겠군."
 강만리는 기분 좋은 상태로 대청으로 내려왔다. 그때 대청 안쪽 주방에서 뭔가 뚝딱거리며 요리하는 소리가 들려왔다.
 "이런 시각에 누가?"
 강만리는 고개를 갸웃거리며 주방으로 향했다. 주방 안을 들여다본 강만리의 눈이 휘둥그레졌다. 무려 빙혼마고가 앞치마를 두른 채 열심히 요리하고 있었던 것이었다.
 "어라? 요리도 할 줄 아십니까?"

강만리의 물음에 빙혼마고가 어이없다는 듯 피식 웃으며 대꾸했다.

"홀로 산 지 수십 년이네. 그동안 매번 사 먹기만 했으려고."

"아아, 그렇겠죠?"

"게다가 원래 새신부가 남편 아침상을 차리는 건 너무나도 당연한 일이 아닐지 싶은데."

"아아, 그렇죠?"

"남편 아침상 차리는 김에 떨거지들 몫도 챙기는 건 물론 내 마음 씀씀이가 그만큼 크고 넓다는 뜻일 테고."

"고마운 일입니다."

"고마운 줄 알면 이렇게 훼방 놓지 말고 가서 차나 마시고 있으면 좋겠고."

"네네, 그렇게 하겠습니다."

주방에서 쫓겨나 대청으로 돌아오는 강만리의 얼굴에 싱글벙글 웃음이 흐르고 있었다. 그 무시무시한 마녀(魔女) 빙혼마고가 차리는 아침상을 받아 보다니. 역시 세상은 오래 살고 볼 일이었다.

대청 탁자에 앉은 강만리는 아마도 빙혼마고가 준비해 두었음 직한 차를 따라 마셨다. 찻물은 뜨거웠고 달콤했으며 향기로웠다.

강만리는 두 번째 차를 따르며 잠시 마음을 가다듬고

생각을 정리했다.

마치 큰 산 하나 넘은 듯한 기분이었다.

하기야 당연히 그럴 법했다. 천하의 무림십왕과 백팔원로를 비롯한 백도의 노기인들을 몰살시킨 것이다. 앞으로 전황이 어떻게 진행될지는 모르겠지만, 확실히 큰 산 하나는 넘은 게 분명했다.

"그럼 이제 태극천맹과 오대가문의 남은 전력이 과연 어느 정도 되려나?"

이제 와서는 그게 가장 궁금한 대목이었다.

돌이켜 보면 지난 사오 년 동안 계속해서 꾸준히 저들의 전력을 야금야금 갉아먹는 중이었다.

무적가가 백 명, 이백 명, 오백 명씩 차례로 인원을 투입했던 몇 번의 전투 모두를 승리했고, 심지어 철목가의 가주 정극신이 직접 병력을 이끌고 온 상황에서도 강만리들은 승리를 거뒀다.

어디 그뿐인가. 유주로 도망치면서도 오대가문 연합 세력을 일망타진했고, 심지어 음양마라강시마저 한 구 박살 내는 전적을 올렸다.

거기에 더해서 태극천맹을 추종하는 무림인들도, 천지회 혹은 경천회에 속한 황궁의 무리도 물리치고 분쇄했다.

그리고 이제 무림십왕과 백팔원로들까지 몰살시킨 상

황이었으니, 과연 태극천맹과 오대가문의 전력은 얼마나 남았을지 당연히 궁금해지는 대목이었다.

"그래도 절반 가까이 줄어들지 않았을까?"

강만리는 저도 모르게 그렇게 중얼거렸다.

그때였다. 주방에서 요리하던 빙혼마고가 양손 가득 그릇을 들고 나타나 탁자 위에 올려놓으며 입을 열었다.

"그들의 전력을, 특히 오대가문의 전력을 너무 무시하는 발언일세."

"네? 아, 들으셨습니까?"

"그리 크게 떠드는데 어찌 듣지 못하겠나? 아, 식기 전에 들게. 내가 당문에서 배운 우육탕(牛肉湯)이라네. 뜨거울 때 먹어야 더 맛있다네."

빙혼마고는 강만리의 옆자리에 앉으며 뜨거운 국물이 담긴 그릇을 강만리에게 밀어 주었다. 강만리는 새빨갛고 기름진 국물을 보자마자 절로 군침을 삼킬 수밖에 없었다.

"역시 사천의 매운맛이 최고이기는 하죠."

강만리는 어젯밤 과음이라도 한 듯 국물부터 허겁지겁 떠먹기 시작했다.

놀랍게도 맛은 좋았다. 전설적인 마녀인 빙혼마고가 만들었다고 하기에는 믿어지지 않을 정도로 완성도가 높은 우육탕이었다.

"여기 만두랑 같이 먹게. 국물에 찍어 먹으면……."

"아휴, 마고. 제가 사천 태생입니다. 어찌 먹는지는 누구보다도 제가 잘 압니다."

강만리는 그렇게 말하며 속이 들어 있지 않은 만두를 잘게 뜯었다. 그러고는 우육탕의 뜨겁고 맵고 기름진 국물이 뚝뚝 떨어질 정도로 푹 담갔다가 빠르게 입으로 옮겼다.

포슬포슬한 만두와 자극적인 우육탕의 국물은 환상적인 조합이었고, 강만리는 순식간에 주먹보다 큰 만두 세 개를 깨끗하게 먹어 치웠다.

남은 국물과 쇠고기까지 단숨에 비운 강만리는 그제야 탁자에 아직도 다른 서너 가지의 요리들이 남아 있다는 사실을 깨닫고 재차 흡입하듯 먹기 시작했다.

빙혼마고는 흡족한 표정으로 강만리가 먹는 모습을 가만히 지켜보다가 불쑥 입을 열었다.

"우리들이…… 그래, 공적십이마라고 불리는 우리와 구천십지백사백마라 불리는 사마외도의 고수들이 지하로 숨어든 이유가 뭔지 잘 생각해 보렴."

강만리는 우물거리며 대꾸했다.

"그야 완벽하게 패배했으니까요."

"완패했다고 하기에는 공적십이마 중 아홉 명이나 살아 있었는데? 설마 그 아홉이 자네들 다섯보다 약할 거라고 생각하는 건 아니겠지?"

"그, 그야……."

"오대가문의 전력은 보이는 게 전부 다가 아니란다. 장막 뒤에 가려지고 숨겨져 있는 전력, 그것부터 처리하는 게 놈들을 상대로 승리할 수 있는 유일한 기회일 게다."

게까지 말한 빙혼마고는 어깨를 으쓱거리며 말을 이었다.

"뭐, 하기야 쉬운 일은 아니지. 정사대전 이후로 다들 이리저리 뛰어다니며 그들의 숨겨 놓은 전력을 찾아다녔지만 결국 실패했으니까."

강만리의 눈이 휘둥그레졌다.

"그럼 공적십이마가 대륙 전역으로 흩어진 건 놈들의 수배를 피하려는 게 아니라 놈들이 숨겨 둔 전력을 찾기 위함이었습니까?"

"아, 물론 수배도 피하고 겸사겸사 그런 조사도 한 게야. 그러던 와중에 뒷덜미를 잡혀 죽은 녀석들도 있기는 했지만…… 어쨌든 얼마 전까지만 하더라도 열두 명 중 일곱이나 살아남았잖아?"

활짝 웃으며 말하는 빙혼마고의 표정은 어딘지 모르게 가라앉아 있었다.

비록 무림오적처럼 끈끈한 관계는 아니더라 할지라도 역시 평생을 함께해 온 혈천노군, 무상검마, 유령신마의 죽음은 그녀에게 큰 타격을 주었으리라. 물론 야래향에게도.

그런 생각에 입맛이 떨어진 강만리가 천천히 젓가락을 내려놓다가 문득 고개를 갸웃거리며 입을 열었다.

"열두 분 중 일곱에 다시 세 분을 제외한다면, 그럼 아직 네 분이 생존해 계신다는 건데…… 두 분 어르신과 철혈권마 말고 또 누가 있는 겁니까?"

"당연하잖아? 설마 금강철마존이 죽었다고 생각하는 건 아니겠지?"

"어어, 뭐, 그야……."

"자네와도 인연이 있었잖아? 그때 겪었을 때, 그가 쉽게 죽을 사람처럼 보였나?"

"그게……."

강만리는 난감한 표정을 지었다.

솔직히 말하자면 그 인상이 전혀 기억나지 않았다. 그저 왜소하지만 단단한 체구와 인자하게 웃는 표정만 기억날 뿐, 어떻게 생겼는지 어떤 식으로 말하고 행동했는지 등에 관해서는 제대로 기억나는 게 하나도 없었다.

마치 희뿌연 안개 속에 기억을 저장해 둔 것처럼, 혹은 나에 대한 모든 걸 잊으라는 최면에 걸린 것처럼, 놀랍게도 기억력 뛰어나기로 자타가 인정하는 강만리였지만 그 노인에 관한 기억은 거의 사라지고 남은 게 없었다.

"아직도 그 양반, 오대가문이 숨겨 둔 전력을 찾아서 대륙 천하를 돌아다니고 있을 게야. 그들이 존재하는 한 절대 오대가문을 이기지 못할 테니까 말이지."

빙혼마고의 말에 강만리의 가슴이 적잖이 무거워지고 있었다.

강만리는 내심 투덜거렸다.

'젠장, 어쩐지 아침부터 유난히 머리가 맑고 기분이 좋더라니까. 이런 고민거리를 떠안겨 주려고 그랬던 모양이로군그래. 정말이지, 빌어먹을 놈의 인생이라니까.'

연신 속으로 투덜거린 후 그는 무심코 엉덩이를 긁적이며 물었다.

"그런데 그놈들이 숨겨 둔 전력이라는 게 도대체 뭡니까? 인원의 수는 어느 정도이고, 각자 무위는 또 어느 정도인지 궁금합니다. 그리고 각 가문마다 따로 숨겨 둔 것인지, 아니면 오대가문 전체의 비밀 병력인지도 궁금하고요."

"호오."

빙혼마고는 새삼 감탄했다는 듯한 눈빛으로 강만리를 바라보았다.

"역시, 생긴 것답지 않게 정말 예리한 구석이 있다니까."

강만리는 쓴웃음을 흘리며 말했다.

"자주 듣는 이야기입니다."
"흠, 좋아. 그럼 어느 것부터 이야기를 해 줄까?"
빙혼마고가 잠시 생각을 정리할 때였다.
"벌써 깨셨소?"
이 층 계단에서 들려오는 묵직한 목소리에 그녀는 자리에서 벌떡 일어나며 환하게 웃었다.
"일어나셨어요, 서방님?"
그 애교 가득 담긴 간드러진 목소리에 강만리의 얼굴이 절로 일그러졌다.

(무림오적 72권에서 계속)

환상이 숨쉬는 공간 파피루스 blog.naver.com/gnpd17

율운 스포츠 판타지 장편소설

# 역대급 뱀직구로 슈퍼에이스!

뱀 한 마리 구해 주고 패스트볼의 신이 되었다
『역대급 뱀직구로 슈퍼에이스!』

밋밋한 포심, 애매한 변화구
혹사에 이은 수술, 그리고 입대까지
높아져만 가는 프로의 벽에 절망하던 구강혁

어느 날 고통받던 뱀을 구해 주고
문신과 함께 신비한 야구 능력을 얻게 되는데

**"구속도 구속인데 무브먼트가……. 마치 뱀 같은데?"**

타격을 불허하는 뱀직구를 앞세워
한국을 넘어 메이저리그까지 제패하겠다
**전설을 써 내려갈 구강혁의 와인드업이 시작된다!**